イタリアのしっぽ

内田洋子

集英社

イタリアのしっぽ　目次

イタリアのしっぽ

犬を飼う

約束した時間に訪れると、インタフォン越しに女性が応えて、半地下へ下りてくるように言われた。

店子《たなこ》の大半が事務所の、雑居ビルである。地下へと続くコンクリートの階段を途中で横に入ると、訪問先の玄関があった。灰色の鉄板の扉で素っ気なく、ボイラー室の入り口のように見える。

出迎えたのは、三十代前半の女性だった。すっぴんに明るい栗色の短髪で、にこにこしながら招き入れてくれた。

まだ九月の昼を過ぎたばかりだというのに、室内は薄暗く電灯が点《つ》いている。玄関を入ったすぐ目の前は壁で、

「ぶつからないように気をつけて」

女主人は背を壁に付けるようにして、狭いスペースを横伝いに進んだ。廊下の奥に続く部屋は玄関よりも数段低くなっていて、その分いっそう暗い。

部屋に入ると、壁際の赤いソファに座っていた先客らしい二人が、緊張した面持ちで会釈し

た。五十がらみの男性とストレートの金髪を肩の下まで伸ばした女性である。細身にぴったりとした黒のワンピースを纏《まと》い、濃いアイラインにピンクの口紅の厚化粧のうえ、暗がりなので年齢は不詳だ。

「ご連絡くださった順に、選んでいただきます」

女主人はそう言うと、ソファで待っていた二人と私をさらに奥へと手招きした。

通された部屋には、かすかに消毒液の臭《にお》いがする。

暗がりのなか、古びた木枠のベビーベッドの上に、薄布に包まれた生まれたての子たちが並んでいた。柔らかそうな頭に産毛《うぶげ》が濡れたように張り付き、目を閉じたまま、それぞれ身体を左へ右へとくねらせている。どの子もとても小さく、そして同じように見えた。

その子犬たちは、昨晩、生まれたばかりなのだ。


知人を通じて、近所に四匹の子犬が生まれたという知らせを受けた。以前から犬を飼おうと考えていた私は、すぐに見に行く、と返事をした。

母犬の飼い主はその雑居ビルに住み込みで働く守衛で、父犬も番《つが》いで飼っている。

「ですからこの子たちの出自《しゅつじ》は確かです」

出迎えたのは守衛の妻で、彼女が胸を張るようにしてそう言うので可笑《おか》しかった。子犬のそばで不安げにしている親犬は両方とも、紛《まご》うかたなき雑種だったからである。

「それでは、僕はこの子にします」

自分の鼻先を子犬に押し付けるようにして、顔つきや毛並み、腹や脚などを熱心に見比べていた中年の男性がようやく、嬉しそうな顔をして指差した。雄だ。

　すると、待ち構えていたように金髪の女性が、

「私は女の子がいいのですけれど」

　ねだるような目をして呟き、守衛の妻の顔色を窺《うかが》った。

「雌はその子一匹だけなので、他所《よそ》へやらずうちで育てることにしましたの」

　すみませんねえ、と言いながら、守衛の妻は人差し指で愛《いと》おしそうに、雌犬の小さな鼻筋をそっと撫《な》でている。

　それではしかたがないわね、と、金髪の女性は残った二匹の雄を見比べて、小柄なほうを選んだ。

　守衛の妻は、二人の貰い手と揃って私のほうを向き、

「ではそちらは、この子でよろしいですね？」

　と、念を押した。

　茶色とも灰色ともつかない毛色で、他の三匹より一回り体格の良いその子犬は、こうしてうちにやってくることに決まったのだった。

　雑種なので、どのような大きさになるのかは育ってみないことにはわからない。貰いにやってきた私たち三人ともが室内で飼うことになるため、先に選んだ二人は大きめのその子犬を避けたようだった。

守衛夫婦の小学生の子供たちが、

「こいつは一番でかくていつも悠々と眠ってばかりなんで、〈レオン〉という名前を付けておいたよ」

得意気に教えてくれた。〈ライオン〉という意味である。

乳離れを待って、二ヶ月してから引き取りに行った。

地下への階段の途中から犬が啼《な》く声が聞こえ、私が玄関のドアを開けるや否《いな》や奥から父犬が走り出てきて、歯茎をむき出しにして吠えたてた。

母犬は散歩に連れていった、と守衛の妻は別れの辛さで半泣きの顔をして告げ、両手に包み込むようにして私に子犬を渡した。二ヶ月経っても、茶色と灰色が混ざった色のままである。雑種の身上そのものの色で、うちの前を流れる運河の濁水と同じ色だと思った。

生まれて初めて半地下から外へ連れ出された子犬は、布袋の中で震えている。ときどき立ち止まり覗《のぞ》き込んでは、声をかけ撫でてやる。帰宅途中の小学生たちが怪訝《けげん》そうにこちらを見ているので、私は子供たちに近づき、かがんで、袋の中身を見せてやった。

「わあ」

思いもかけないものを見て、子供たちは言葉にならない。

そのうち堰《せき》を切ったように、

「触ってもいい？」

「だっこしたい」

「名前は？」

「歩かせてみたら？」

と、口々に騒々しい。付き添っていた母親が、

「まだワクチン前なのでしょう？　もしよろしければ、私が射《う》ってあげますよ。ルイザと申します」

ハキハキとした口調で言い、ほら、と手にしていた革製のドクターズバッグを持ち上げてみせた。獣医なのだった。

ルイザと子供たちといっしょに公園を抜け、広場を渡り、青空市場前を通り過ぎる。同じ道を並んで歩きながら、とうとうそれぞれの家まで着いた。通りを挟んで住む、近所どうしなのだと知った。動物診療所の場所や保健所に提出する書類など、犬を飼い始めるにあたって必要なことを、まだ私は何も知らない。こうして獣医と知り合ったのも、何かの縁だろう。

彼女からの親切な申し出を受け、早々に家まで来てもらうことにして、別れた。


「きっとこれまでにも、界隈《かいわい》でよく会っていたのでしょうね」

数日後、予防接種を射ちに往診に訪れたルイザは、私の家の窓から見える自宅の窓を指差しながら、不思議な縁に驚いている。

小学校低学年の娘二人を持つ母親にしては、彼女はやや年がいっているように見えた。一つにまとめた髪は金色とも銀色ともつかない色で、ボルドー色のブラウスによく映えている。笑うと目尻に細かな皺《しわ》が浮き出る。

「メッシュにしているけれど、染めないと白髪よ」

手で髪を結い直しながら、もうすぐ五十歳になるのでね、と、こちらの問いたいことを先回りするように言った。

彼女のイントネーションや言い回し、口早に話す調子は、ミラノの山の手のそれそのものだ。丁寧な物言いのようで、ことば遣いの端々《はしばし》に他人と少し距離を置くようなひんやりしたところがある。

実家の住所を尋ねると、旧市街の通りの名を答えた。由緒ある荘厳な建物が並び、代々ミラノを代表する名家が集まる地区として知られる。住人の大半は、あくせく働かなくても暮らしていける身上だ。一族が持つ国内外の不動産を管理したり、南米で大規模な牧畜業に投資したりして、豊かな財がさらなる富を生むというような家が多い。

今ルイザが住んでいる運河地区には、ミラノの下町と呼べるような気さくな雰囲気がある。町の南外れにあって、外界とを繋《つな》ぐ玄関口のような役割を果たしてきた。物や人の出入りが多かったせいか、住人は新奇な事象に慣れていて、臨機応変で自由な気風である。経済的にも文化的にも堅牢で保守的な旧市街とは、正反対の土地柄といえるだろう。

旧市街と運河地区には、町の中心と南端という地理的な違いだけではなく、山の手と下町、上流と庶民階級という社会的な階層の違いがある。

「実家の向かいに私立の幼稚園があったのに、私は行かせてもらえなかったの」

悪い癖がつく、と心配したルイザの両親は、幼稚園にやる代わりにイギリス人の家庭教師を付けた。父親は医者の仕事が多忙で、母親はボランティア活動で不在がちだったため、ルイザは幼児期から高校入学までのほとんどを乳母や家事手伝い、家庭教師たちと過ごした。小学校から高校まで通ったのは、通りを挟んで家の向かいにある、そのカトリック系の幼小中高一貫校だった。校舎も級友も、見える景色も吸う空気も、変化に乏しい十三年間を送った。

級友たちはどの子も彼女と似たりよったりの環境だったので、バレエや乗馬といった習い事から、バカンス先には西インド諸島やクールマイユール、と判を押したように似通った暮らしぶりなのだった。

それは、両親も祖父母も親族たちも、地区に住む皆が同様に経てきたことだった。穏やかな毎日には違いなかったが、新しい発見や胸の震えるような冒険のない、退屈な日々でもあった。

〈一人娘の遊び相手として、物を言わない犬なら安心だ〉

ルイザの十歳の誕生祝いに、両親は犬を贈った。

黒いラブラドールレトリーバーと暮らすようになって初めて、ルイザは家と学校以外の世の中を知った。

小学生のうちは、犬を散歩に連れていくのは手伝いの者たちの役目だったが、そのうちルイザもついて出かけるようになり、中学校高学年になると、一人で家の隣にある公園まで連れていくようになった。

「それまで外出するときはいつも大人に付き添われるか、車に乗せられているだけだったの。信じられる？」

そして、彼女が高校を終えるのを見届けるかのように、愛犬は死んだ。

いっしょに歩いた通り。公園のベンチ。好きだったバニラアイス。夏を待たずに飛び込んだ噴水。砂まみれになり遊んだ海。蛇と遭遇した草むら。音が消えた雪の朝。道に付いた足跡。しがんでボロボロの布人形。並んで寝そべった暖炉前。老いて横たわっていた、小さな赤い絨毯《じゅうたん》。

「私と犬の時間がさまざまな情景に刻まれて残り、死んだ犬を思うとき、書き溜めた日記帳を静かに読み返すような気がしたわ」

〈犬を通して、幼かった頃の自分に会える〉

ルイザは、獣医になることを決めた。

動物相手に働くなどとんでもない、と両親は娘の開業に猛反対した。ルイザは親より動物を選んで、勘当。

それで彼女は、旧市街を出て運河地区に移ってきたのだった。

往診から数日して、ルイザの家に招待された。子供たちが子犬と遊びたがっているので、と請われたのである。

「狭いので驚くわよ」

玄関前でルイザが笑った。

実家とは絶縁のままである。夫婦の稼ぎで組めるローンで、ようやく手に入れた家だという。廊下はひどく幅狭だが、床板が斜めに張られているので、実際より奥行きがあるように見える。背の高い人は頭を下げなければならないほど、廊下の天井は低い。

イタリアで四人家族の住む家なら、たいてい百平米はあるだろう。ところがそこは、せいぜい五十平米あるかどうかの、長方形の小さな家だった。室内には、必要最低限の家具が置いてあるだけである。イタリアの家には珍しく、装飾品の類いは一切、見当たらない。わずかな隙間も残さず利用され、整理整頓が行き届いている。

「居間はないの。食卓は家族の人数分の四人掛けなので、それ以上になるときはお客も呼ばないわ。余計な物や人間関係は、面倒を増やすだけ」

それで、食器も予備を含めて六組ずつしか置いていない。

それほど小さい家だが、子供部屋はある。ベッドは使わないときには、跳ね橋のように壁に折り畳めるようになっている。昼間はベッドの代わりに、勉強机が出ている。子供たちは、机の下にもぐり込んで子犬と遊んでいる。

ルイザの家には、犬も猫もいない。四六時中、他家のペットを診ているので自分で飼う気にはなれないのだろう、と私は勝手に想像していた。しかし家を訪ねてみると、さすがにここではラブラドールはもちろん、チワワも猫も、ハムスターでも無理だろうと思う。

家の中を一巡し、台所でお茶を飲んでいると、奥から鳥の鳴き声が聞こえてきた。

一番奥にある夫婦の寝室には、窓の幅分のバルコニーが付いている。そこに置いた植木鉢で育った木に鳥が留まり、鳴いているのだった。

ルイザに呼ばれて室内に戻ると、

「見ててね」

彼女は、玄関前の低い天井に付いている取っ手をおもむろに引いた。

すると天井の一部がドアのように開いて、大人が通り抜けられるほどの穴が現れた。見上げると天窓があり、四角く切り取られたミラノの空が見える。

続いてルイザが壁のスイッチを押すと、穴から梯子《はしご》が降りてきた。

「上の間へどうぞ」

彼女について梯子をそろそろと上ると、結構な広さの屋根裏部屋があった。

ルイザのアパートが入っている建物は前世紀初期に建てられたもので、現行の建築基準よりかなり天井が高い。そこで一部の天井を下げて、上に屋根裏部屋を作ったのだった。

衣装箱、スキー板やブーツ、ビーチボール、スーツケース、三輪車、紐でまとめてある雑誌のバックナンバー、置き時計、額縁に入った絵、古い鏡、花瓶、数々のぬいぐるみなどが、雑然と置いてある。

すっきり片付いた階下にはない、日常生活の雑駁《ざつぱく》さがあった。階下と屋根裏で、家の建前と本音を見比べるようである。

「危ないので、子供たちは立ち入り禁止。夫は大柄で、『息が詰まる』と、滅多に上がってこないので、私だけの秘密の部屋なの」

卓上スタンドを置いた座卓もある。ルイザはここで本を読んだり、考えごとをしたりするのかもしれない。

部屋の隅に、空調のためなのか、開閉する小さな扉が見える。

「ここは、近所の飼い猫たちの散歩道にもなっているのよ」

屋根伝いに、隣接する家々から猫がやってくるのだという。雑誌や鏡の間には、餌皿が置いてある。

改築の際に物置用の屋根裏をルイザが提案すると、運河地区に繁殖するネズミが棲《す》みついたらどうするのだ、と工務店は心配したらしい。

「ネズミが心配なら、猫で対処すればいいじゃない」

ルイザが屋根裏にしまい込みたかったのは、不要な物ばかりではなかったのかもしれない。

天井の取っ手を引いたとき、彼女が嬉しそうな顔をしたのを思い出す。

ルイザの家を訪ねてから、私は向かいの屋根やバルコニーを気に掛けて見るようになった。猫や鳥を見かけることはなかったが、階下の電灯が消えるのと入れ替わるように、屋根に開いた四角形の天窓に薄灯りが点くのが見えた。

四角い月のように見える、とルイザに会ったときに言うと、

「しかも毎晩、昇る月なのよね」

さらりと返したあと、彼女は少し暗い顔をした。


毎朝、私が犬の散歩から戻るとき、娘二人を小学校まで送っていくルイザと交差点で会う。すれ違いざまに、「おはよう」「学校がんばって」「犬はどう?」「下の子は熱で休むの」「新しいジャケットね」「冬休みの予定は?」などと、声を掛け合う。

うちの犬はいつも健康で、そして予防接種は年に二度しかない。犬を介して知り合ったルイザとの接点は、犬を超えてそれ以上には深まることもなく、やがて交差点で交わす挨拶だけになった。


どのくらい経っただろう。

そういえばしばらく前から、向かいの天窓に灯りが点かないことに気がついた。

客を呼ぶための食卓も、寝そべるソファもない、殺風景な階下を思い出す。

犬の検診を理由に、ルイザに電話をかけてみた。

さっそく家まで来てくれた彼女は、手際良く診察を終えると、端的に自分の近況を早口で報告し、こちらの様子伺いも立て、そこそこの社交辞令を述べた。一連の話しぶりにはそつがな

く、丁寧で品があったが、ひんやりとした印象が残った。

ふと空いた間に、このごろ屋根裏の灯りが点かないけれど、と言ってみる。

「階下も一人で使えるようになったから」

しばらく間を置いてから、ルイザは答えた。

六月が来て、小学校は三ヶ月間の夏休みに入っている。共働きなので、夫婦交替で休暇を調整して長い夏休みをやりくりする。

まず夫が海に連れていき、次はルイザの番である。

しかし獣医をしていると、予定通りにいかないことも多い。重病でつききりになることもあれば、出産の立ち会いを頼まれたりもする。乾いた鼻先をあげ、苦しそうに半分閉じた目で見られると、ずっといっしょだった愛犬を思い出す。

ルイザが休暇を後回しにして動物たちを診て回る間、子供たちは机の下にもぐり込んで、母親が自分たちのものになる順番を待っている。

予定が変更になるのは、毎夏のことだった。子供たちも動物が好きで、母親の仕事もやむを得ない予定変更も、納得している。ルイザはそう信じていたが、この夏、予定が過ぎても子供たちは海から戻ってこなかった。

「狭い家でずっと待っているのは、いや」

上の娘が言い、

「あのおばちゃんのお家《うち》のほうが、お庭もあって犬もいるし猫もいるし、好き」

と、下の娘が言い足した。

戻りたくなくなったのは、子供たちだけではなかった。同じ海で夏を重ねるうちに、子供たちには砂浜仲間ができ、夫には砂浜を超えて、昼食も夕食後の散策もいっしょに過ごすような格別な知り合いができていた。


幼い頃、ルイザには、ラブラドール以外に心を開く相手がいなかった。親を身近に感じずに育ったせいか、いざ自分が妻になり母親になってみると、夫や娘たちとどう接してよいのかわからない。獣医学部で学んだ飼育方法を基に、栄養価を考えた食事を与え簡素で清潔な住まいを与えれば、子供たちは従順で健康に育ち円満な家庭が築ける、と信じてきた。

ルイザの小さな家は、整理整頓されて無駄がない。いつ訪れても、室内が乱れていることがないのだろう。手狭なのであまり客も呼ばない、と言っていた。

いつも同じ室内の光景。新しくものが増えたり人が訪ねてきたりすることのない毎日。それは安泰で、しかし、面白味に欠ける日々である。

どこかで見た情景だった。


夏が終わったある朝、交差点ですれ違ったルイザの足元には、懸命に後ろをついていく黒い子犬がいた。

猫またぎ

抱いていた子犬を床に下ろしたとたん、奥から猫が二匹、飛んで現れ、子犬に素早く近づくや、フーッと荒い鼻息で威嚇《いかく》した。そして目にも留まらぬ速さで子犬の鼻先に爪をたて、再び家の奥へと走り去っていった。

子犬は声も立てずに、座ったまま震えている。

「まあ、嫌だわ。おしっこをしちゃったじゃないの」

玄関口に敷き詰められたオフホワイトの絨毯の上のシミを見とがめて、奥から出てきたレッラは開口一番、声を荒らげた。

急用でミラノを発たねばならず、長年の知り合いの彼女に飼い犬を数日預かってもらうことになり、家を訪ねたのである。


二回りほど年上のレッラとは、仕事を介して知り合った。女性誌の記者から始めてやがて建築誌の編集に関わり、現在はデザインの評論家として広く知られている。

真っ白の髪を短髪にし、幅広のパンタロンに絹のブラウス姿である。彼女が歩くと、柔らかな生地がドレープを作りゆったりと曲線を描いて、優雅だ。長身でスリムな体形の際立たせ方を心得ている。

不意に受けた手荒い出迎えに、四ヶ月になったばかりの子犬は怯《おび》えきっている。そこへレッラのよく通る声で叱られて、子犬は丸くて小さな腹を床にすり付けるようにしながら、私の足元へとにじり寄ろうとした。

するとレッラは長身を折り、子犬を片手で素早くすくい上げて自分の目の高さまで持ち上げると、

「あの猫たちが、ここの主《あるじ》なのよ。二度目の粗相《そそう》は許しませんからね。わかった？」

子供を叱りつけるように、子犬の目を睨《にら》みつけて念を押した。

子犬はさらに仰天し、床に下ろされたとたん、再び粗相した。

戦後、国の復興と足並みを揃えて、イタリアのデザイン界は発展してきた。個性の強い経営者が一人で牽引するような企業が多いこの国で、製品のデザインはそのまま経営者の人となりを代弁している。機能性第一主義のドイツのデザインとは違って、イタリアの物づくりは少々の無駄と多大な遊び心に満ちている。

イタリアンデザインが黄金時代を迎えた一九八〇年代、業界紙はデザインの意義を説くための詩的、哲学ふうの難解な記事で溢《あふ》れ、デザイナーたちは文人か学識者のように扱われ、振る

舞っていた。

しかしレッラは、「デザインは結果に意味がある」と、ことばを弄《もてあそ》ぶような過分な修辞には取り合ってこなかった。

「〈まっすぐな線〉と書けば済むことでしょう？　それを〈冬の早朝に浮かび上がる地平線のよう〉などと書くなんて、まどろっこしいだけの自己陶酔よ」

淡々とした文調の評論は、インテリ然とした業界人のあいだでは「ロマンに欠ける」と不評だったが、企業の経営者たちは喜んだ。彼女から冷静な評価を受けると、自社の製品に真摯《しんし》な印象が加わったからである。

簡素な文章なので、翻訳もしやすいのだろう。論評は海外でも広く読まれるようになり、レッラは各地からデザイン賞の審査委員として招かれ、業界の重鎮となった。

説教したばかりの子犬が粗相を繰り返したので、レッラは不機嫌な顔をしている。しかも絨毯は、先週、洗浄したばかりだったらしい。

私は重々《かさねがさね》の不始末を平《ひら》に謝りながら、とはいえ生まれて四ヶ月なので大目に見てやってもらえないか、と乞うた。

「最初が肝心なのよ。繰り返し言い聞かせ、わからせてみせるから」

豹《ひょう》が獲物を狙うときの射るような目で見据えられて、子犬と私は三たび、すくみ上がった。

レッラには二匹の猫のほかに、娘も二人いる。二人とも、しばらく前に独立したらしい。猫以外に、室内には生き物の気配はない。彼女の家を訪ねるようになって数年になるが、これまで一度も連れ合いらしき男性を見たことがない。ミラノでは、同じ組み合わせのままで長年連れ添う夫婦のほうが稀少で、きっとレッラも早々に別れてそのまま独り身を通しているのだろう。

そもそも彼女は、妻や母親としての顔を想像しにくい女性である。厳しいのは、論調だけではない。子犬にまで意見するくらいなのだ。分け隔てしない生まじめさは立派だが、言い換えればそれは不用な頑固さであり、融通が利かないということでもあった。

知的な母親は、容姿も端麗で垢抜けている。父親が不在の家庭で、能力も外見も趣味も簡単には超えられない母親と暮らすのは、娘たちにとっては容易《たやす》いことではなかったに違いない。

レッラは、中央イタリアの出身である。

亡父は、地元でそこそこに知られた画家だったという。画商が付いていたわけではなく、自宅内のアトリエで好きに絵を描いては、何点か数がまとまると居間で個展を開く、というような暮らしぶりだったらしい。

売れればそれでよし、売れなくてもそれでよし。

一家には相続した不動産がいくつかあり、それを切り売りしながら過不足ない暮らしを続けた。

ほどほどに都会に近く、豊かな自然に囲まれた家。誇り高い芸術家の父親。豊かな色と形に満ちたアトリエ。追われることのない時間。他からの雑音に無縁の暮らし。

　そういう環境で育ったレッラにとって、人に左右されることなく我が道を行くのは、息を吸うのと同様にごく自然なことなのだった。

　高校の頃フィレンツェへ遊びに行った際、モード専門のカメラマンから声をかけられたのをきっかけに、レッラはモデルをするようになった。売れればよし、売れなくてもよし。売り込みに懸命な同業たちとは違う醒《さ》めた様子で、レッラはキャットウォークを歩いた。

　初めのうちはファッションショーが主だったが、彼女の飄々《ひょうひょう》とした雰囲気に惹《ひ》かれた画家から頼まれて、やがて絵や彫刻のモデルも務めるようになった。六十歳を超えた今でも、華があるのだ。十代の頃は、さぞ魅力的だっただろう。

　いつも背筋を伸ばし、目に力を込め、鼻先で前方を刺すようにしてレッラは話す。それが高慢さによるものではなく、モデル時代に身に付いた習慣なのだと知って、レッラに対する印象は変わった。

　数日後、私は子犬を引き取りに行き、そのまま彼女の家で夕食を呼ばれることになった。ミラノで家具の国際見本市が開かれた直後で、

「連日のカクテルパーティーや会食で、頭の中がデザイン用語で満杯よ」

　レッラは辟易《へきえき》した様子で言いながら、書斎に収まりきらずに居間のテーブルにまで積み上げられたフェアの資料やカタログを床に下ろした。

彼女が食事の仕度を始めるとどこからともなく二匹の猫が現れて、カタログの山に鼻を近づけ、周囲を確認するように歩き回ってから食器棚の上にひらりと飛び乗り、こちらを見下ろしている。

預けていた数日のあいだに、うちの子犬はレッラと猫にも慣れたらしい。女主人と猫の目を盗み、自分も同じように用心深く歩き回ると、まるで叱られるのを待つように、植木鉢に向かってわざとらしく片脚を上げてみたりしている。

レッラは、長くて細い腕にぴったりとしたTシャツの袖をたくし上げ、ゆったりした歩幅で台所と居間を往き来しながら夕食の準備をした。

「今晩は、久しぶりに娘たちも来るの。二人とも幼い子供連れなので、落ち着かないでしょうけれど」

レッラは大人四人分の席を用意し、食卓の中央に大きなボウルにいっぱいのサラダを置いた。蔓《つる》で編んだ籠《かご》にクラッカーや薄く焼いたフォカッチャ、五穀入りのパンを丸ごと放り込むように入れる。その脇に、切り株をそのまま持ってきたような分厚いまな板を置き、何種類かのサラミソーセージとチーズを載せると、オーケー、と満足そうに言った。

食卓には、同系色でイニシャルの刺繍《ししゅう》が入った乳白色のテーブルクロスが掛けられている。相当に使い込んだものらしい。繰り返し漂白したのだろう、透けた布地から織り糸が浮き立って見えている。しかし洗いざらしの風合いがかえって洒落《しやれ》ていて、気取らず、家族に交じって食卓に着くのだ、という温かな気持ちになる。

食卓にレッラが並べたのは、無地の平皿だけである。デザイン評論家の食卓だ。奇をてらう形や絵柄の食器が出てくるのだろう、と身構えていたが、食堂で使うような凡庸な白い皿に私は大いに拍子抜けし、しかし内心ほっとした。

制止する間もなく、二匹の猫は食卓に飛び降りると、細く長い脚で素早く皿と皿のあいだを歩いた。空の皿を見て回り、フン、と軽く鼻息を吐くと床へ降り、ニャオと子犬に向かって牽制するように啼いてから、家の奥へと入っていった。

娘たちを待つ間レッラはなみなみとワインを注《つ》ぎ、勧めてくれる。葡萄《ぶどう》農家で見るような濃い緑色の大瓶入りの赤ワインは、香りは高いが後味を残さず、軽やかである。

「実家の農園産で、上等ではないけれど飲みやすいでしょう？」

グラスの代わりにフランスのカフェなどで使う、水用のコップで飲んでいる。肉厚で、落としても簡単には割れない。コップ酒を飲むようだ。簡素な食卓の風景と釣り合い、粋な味わいである。

すべてが自然で統一感のある食卓風景なのだが、あまりに完璧に過ぎて計算ずくのお洒落感のように思え、途中で息苦しくなった。卓上に置こうとしてつい手元が狂い、私はワインの入ったコップを倒してしまった。白いテーブルクロスにみるみる赤いシミが広がって、私は恐縮のあまりテーブル下に逃げ込みたくなった。

「犬は飼い主に似るっていうけれど、まったく本当ね」

レッラは、わざと睨みつけるようにしてみせて、子犬に向かって言っている。

玄関口ががやがやと騒がしくなったかと思うと、乳母車二台を押して、娘二人が入ってきた。姉妹は揃って長身で痩せていて、足音を立てずに広い歩幅で歩く。

姉は栗色の髪をショートボブにして、垂れた前髪の奥から黒目がちの大きな目でこちらを見て、挨拶した。

妹は、茶色の濃淡が混じった髪を無造作にバレッタで挟み上げ、むずかりだした自分の子を乳母車から抱き上げてあやしている。

「ああ、お腹が空いた」

口々に言いながら、姉妹は立ったまま食卓からパンを思い思いに取り、手で引きちぎって口に放り込んでいる。

「これ、十五分くらい焼いて」

姉は乳母車の荷台からアルミホイルの皿を引き出して、オーブンに入れるように母親に頼む。ズッキーニやジャガイモ、トマトが見える。ソースやチーズが掛けてあるわけでもなく、ざく切りにした野菜をまとめて入れてあるだけである。

妹は、食卓の上に大きめの瓶を置いた。

「産みたての卵で作ってきたから」

薄黄色いクリーム状の中身は、手製のマヨネーズだ。

娘たちが食べ物を置くたびに、二匹の猫はひらりと食卓に上ってきては、皿のあいだを悠々と歩き、いちいち偵察して、鼻を鳴らしてから、部屋の奥へ戻っていく。

乳母車から出された幼子たちは、つかまり立ちがやっとで、それぞれ好き勝手に居間の床を這《は》い回っている。姉妹はそれぞれ自分の子にたまに目をやるくらいで、食べるのとおしゃべりに夢中になっている。机の角に頭をぶつけないか、本の山を崩し下敷きになりはしないか、と私のほうが気が気ではなく、這っていく先を目で追っていると、奥でじっと控えている二匹の猫と目が合った。

「わかってるわね、ここでは猫が主なのよ」

レッラが這い回る赤ん坊たちをすくい上げ、目を見ながら言い聞かせる。

娘たちは、意に介さず、というふうで、自分たちの子に説教するレッラのほうを見もせずに食事を続けている。

食卓に戻ったレッラは、皿の上に小さくちぎったパンやチーズの切れ端をいくつか載せると、床に散在するカタログの上にナプキンを敷いてから、皿を置いた。

猫も人並みに扱うのだな、と見るともなしに見ていると、皿に向かって孫たちが這ってきた。

レッラはしゃがみ込むと、孫たちに皿のパンやチーズをさらに細かくちぎって、口に入れてやっている。猫の餌かと思ったのは、孫の夕食なのだった。

上の娘が台所に引っ込んだかと思うと、猫用の缶詰めを手に現れ、猫たちの名前を呼びながら餌を皿にあけ、少し離れたカタログの上に載せた。皿は同じ、あの凡庸な白い皿である。私たちはテーブルで食事を続け、幼子と猫は床に並んで這いながら食べた。

ときどきレッラはテーブルを離れては孫と猫のあいだを往復し、交互に小さな頭を撫でて回った。

ガラスのボウルに入ったサラダ越しに窓が見え、窓越しのミラノの景色の一片がボウルの中に見える。

室内には、色や形状が奇抜な雑貨や家具は置かれていない。モノクロの家族の写真が、白い木枠の額に入って数点あるだけだ。

床を這う赤ん坊たち。歩き回る猫二匹。白いテーブルクロスに緑のレタスやルコラ、焦げ色のついた芳《こう》ばしい焼きジャガイモに囲まれていると、田舎の食卓についているような気持ちになる。

レッラと娘たちは、保育園のことや散歩に出かけた近隣の町や、これから一週間の天気予報など他愛ない話を少しして、話すことがなくなると黙って食べた。

はくしょーん。

食事も終わった頃、上の娘が大きな声を立てた。あまりに派手なくしゃみで、子犬は驚き吠えたてている。つられるように、今度は妹が何度もくしゃみを繰り返した。

姉妹は申し合わせたように、それぞれの腕時計を見ている。

「そろそろね」

二人は揃って立ち上がり、皿やコップを片付け始めた。レッラは少し残念そうな顔をするが、娘たちを引き止めはしない。

それまで機嫌良く、床を這い回りながら皿に近寄ってはパンやチーズを頬張っていた孫たちが、アッチーン、と小さなくしゃみをし始めた。三つ四つで止まらない。

小さな身体を震わせるようにしてくしゃみを続け、小さな顔が鼻水まみれになっている。

風邪が流行《はや》っているから、と私は言いかけて、レッラの様子を見て押し黙った。

テーブルの向こうに立ったまま、レッラは暗い顔をして、くしゃみを続ける孫たちをじっと見ていたからである。

いつも冷静で落ち着いているレッラが、明らかに動揺しているのを見て、私は意外だった。子供のくしゃみぐらい、日常茶飯事ではないか。

「そうなの、ママ。この子たちも同じなのよ」

上の娘が、レッラに告げた。低い声で、すまなそうな調子だった。

レッラの娘たちとその子たちは、猫アレルギーなのだった。

ふだん仕事には、レッラは黒ずくめの恰好で出かけていく。洗練された立ち居振る舞い、飾り気のない話し方、長身のレッラがしなやかにやってくると、まるで黒豹が現れたかのようだ。

明瞭な彼女のデザイン論に、相手は風が野を吹き抜けていくような清涼感を覚える。そして、その冷静で優雅な論旨には反論したり付け加えたりする余地はない、と思い知らされる。取材を終えると、レッラは悠々とした歩調で去っていく。豹が獲物の残骸の上を跨《また》ぎ、去っていくように。

彼女の夫は、八〇年代のデザイン最盛期に〈原型主義〉を生み出したグループの一員だった。さまざまなモノの形の意義を徹底的に論じて、デザインの理論化に貢献した。つまりレッラとは、対極にいる人物だったのである。

二人が出会ったのは、デザイン活動がきっかけではない。彼も同じ町の出身で、高校も大学も友人も、立ち寄るバールも書店も同じ、幼馴染《おさななじ》みだったのだ。

共通点は多いが、表現方法は正反対。しかし若いときはその違いがまた魅力で、二人はいっしょになった。

〈家には仕事を持ち込まないこと〉

二人はそう決めて暮らし始め、それぞれの仕事をまったく反対のスタイルでこなしてきた。常に一触即発の緊張した関係が刺激となって、創造的な二人の結婚生活はごく順調だった。

しかし評論家としてレッラが有名になり始めた頃、夫の仕事は減っていった。イタリアンデザイン自体が力を失い、旧時代の残影のようになってしまったからだった。

高校を卒業すると、娘は二人とも家を出ていってしまった。

「私たち、酷《ひど》い猫アレルギーなのよね」

と言い残して。
娘が独立したあと、ほどなく夫も荷物をまとめて故郷へ去っていってしまった。
〈僕は、酷い豹アレルギーなもので〉
テーブルの上に置いてあった手紙には、そう書き残してあった。

釣り上げて、知る

新車発表に使う映像をイタリアで撮影したい、という依頼を日本から受けた。

〈何もない広々とした地に、枝ぶりのよい大きな木が一本だけ立っている。その木に向かって道が延び、そこを車が走り抜けていくところを撮りたい〉

時間はなく、しかし注文は難しかった。

各地を探し歩いても、はたして適した場所が見つかるとは限らない。どうしたことかと困っていると、映画や雑誌のグラビアなど、いろいろな媒体で必要とされる〈撮影に相応《ふさわ》しい背景〉を専門とする会社がある、と聞いた。

俳優やモデルなど人間の適材を仲介する事務所はいくつか知っていたが、撮影候補の場所を専門に扱うところがあるとは。

訪ねた先は、地味な構えの雑居ビルの中にあるごく普通の事務所だった。壁いっぱいのスチール書棚には、色分けされたファイルがぎっしりと並んでいる。

〈老舗《しにせ》〉〈農家〉〈砂浜〉〈路地〉〈病院〉〈倉庫〉〈庭：イタリアふう〉〈庭：イギリス薔薇《ばら》づく

し〉〈零落貴族の館〉など、ファイルの背表紙に書かれたタイトルを見るだけで、不思議なイタリアの情景が頭に浮かんでくる。

イタリア半島には、各地に無数の重要文化財がある。そこを主役に取り上げる場合はもちろん、背景として写し込むだけでも、文化財・文化活動省に著作肖像権の使用許可申請をしなければならない。原則として。

「村全体が、重要文化保護地区に指定されているところもありますしねえ。今から申請を出すようでは、絶対に締め切りには間に合わないでしょう。お金もかかりますし」

事務所の代表は思案深げにしていたが、ふと、最近イタリアの自動車のCMを作った会社があったことを思い出し、制作を担当した人の連絡先を教えてくれた。

正攻法で許可申請をしていては、もう間に合わない。手慣れた同業者に秘策を尋ねるといい、と助言してくれた。

「それなら、許可のいるような場所をわざわざ使う必要はありませんよ。ミラノのごく近郊に、枝振りのいい大木とまっすぐの道くらい、いくらでもありますからね」

背景専門の事務所から紹介されて会ったマリーノは、木と道のことならおやすいご用、と、たちまち数カ所の所在地を列挙してくれた。それればかりか、

「上り坂がいいですか、それとも下り？　栗の木もいいけれど、欅《けやき》もなかなかいい。砂利道と舗装されたのと、どちらにします？」

と、選《よ》り取《ど》りみどりなのだった。

「短編のドキュメンタリー映画製作が専門です」

マリーノは、そう自己紹介した。

しかし話を聞くうちに、これまで上映された作品はせいぜい二、三本どまりで、到底それで暮らせているようではないとわかった。

そもそも鑑賞料を取って短編映画を観せるような映画館が、まだ残っているのだろうか。ときおり開催される映画祭で、期間限定で公開されるのがほとんどだろう。実験的な作品が多く、地味で、しばしば難解で、仲間うちで鑑賞して論じ合う。一般客ウケしにくい作品が多い。

他の監督たちと同様におそらくマリーノにとっても、短編映画は生業《なりわい》というより、自分の信念を貫くための聖なる作業なのかもしれない。自分が切り取る世相を淡々と伝える、というノンフィクション作家としての信念である。


撮影候補地のクリップ映像が大量にある、と言われて、管理場所を訪れることにした。

管理場所は、マリーノの家だった。

ミラノの中心から北東へ路面電車で二十分ほどの地区にあり、周囲には大学の理系学部の校舎が並んでいる。授業が終わると、人通りが絶える道が多い。広々とした区画である。背の高い街路樹が続く落ち着いた地区で、ふだんマリーノが働く広告業界の華やかさとは正反対の印象だ。

家の中は、がらんとしていた。数々の家具や物はたしかに目に入るのに、寒風が吹き抜けていくような、荒涼とした気配があった。

年季の入った木製の造り付けの本棚の前には、大型のテレビやビデオをはじめとする機材が置かれている。どの機材もひどく時代遅れなのが、素人目にすら明らかだ。

無数にあるコードはそれぞれ几帳面に巻き上げてあり、モニター画面には一点の曇りもない。今でも丁寧に使い続けているのだろう。

さまざまな書籍やファイルは、高さと背表紙を揃えて棚に隙間無く並んでいる。

一間続きになった居間のほうには、部屋を埋め尽くすほど大きなソファが置いてある。舞台のようにも見える。ブルーのビロードで覆われた楕円形で、七、八人はくつろげる大きさだ。生成《きな》り色の樹脂製の小机がソファを取り囲むように並べてあり、ブルーと白の鮮やかな対比が居間を垢抜けて見せている。

ギリシャだろうか。

ソファの背後の壁には大きく引き延ばした写真があり、透き通る海を望む白い家が写っている。こちらのブルーのソファから、あちらのギリシャの海に向かって飛び込むような錯覚を覚える。写真はかなり古い。隅のほうがすっかり撓《たわ》んで、ギリシャの海に皺が寄り、さざ波が立っているようだ。

おびただしい数のＬＰレコードも見える。撮影済みのフィルムなのか、リール入りの樹脂ケースが居間の奥のほうに積み上げられている。

どれも当時は、最新鋭だったに違いない。機材は、数ヶ月も経たないうちに新型が出る。その都度、購入して最新を追いかけるのは、大手の製作会社がすることだ。マリーノのように自営で撮る人たちは、持たずに借りるのが普通である。

「二十代で撮った海洋生物のドキュメンタリーが、そこそこ評判になりましてね。思い切って揃えたのです」

自慢げなマリーノは、六十歳を目前にした年恰好だ。古い機材にしがみついたまま過ごしてきた、彼の三十余年を思う。

威厳はあるのに、がらんどうの部屋を見渡す。

機材と彼を置いたまま、通り抜けていってしまった風を見る。

マリーノは、ローマ郊外で小さな映画館を営む家に生まれた。広場や公園で友だちと遊ぶ代わりに、映画館の客席の間を歩いてはピーナッツやジュースを売り、通路に座って映画を観て大きくなった。

外へ出て遊ばなかったが、世の中の子細を映画から見聞きした。

役者志望の若者たちがやってくると祖父も父親も喜び、黙って招き入れては、好きなだけ映画を観させていた。映画好きたちが集まる、なかなかの映画館だった。

気がつくと、マリーノは〈チネチッタ〉に出入りするようになっていた。ローマ郊外にある映画撮影所である。映画館に集まる関係者たちの勧めで、父親が幼い彼をオーディションに連れていったのがきっかけだった。姿形も声もよかったのだ。子役から端役へ、マリーノはいくつかの映画に出演した。

「まだ『甘い生活』の残り香が漂っていた頃で、内外から優れた映画人たちが集まっていました」

多少見栄えが良く映画に詳しい程度では、銀幕の表舞台には出ていけない。早々にマリーノは自分の限界を察して、演じるのを諦めた。

幼い頃から映画館の中で大半の時間を過ごしてきた彼は、スクリーンを通しての会話には精通していたが、いざ生身の人間と向き合うと何を話していいのかわからなかった。古い時代の役者の台詞《せりふ》回しを真似るのは得意だったのに、いざ自分が演じる側になって台詞を与えられると、個性を出して演じられない。自分ふう、ということがどういうことなのかわからないのだ。

〈映画を通して数多くの人生を見てきた〉

しかし彼の体験は疑似であり、物真似はできても自己がない。似非《えせ》から本物は到底生まれない。

それでは撮る側に回ろう。でも、何を撮ろうか。

自分には、人が演じられなかった。自然や動物なら、相手にしてもらえるだろうか。

「ローマの郊外で育った私にとって、オスティアから見る海は世界への玄関でした」

親にも友人たちにも反対されたが、マリーノは大枚を叩《はた》いて8ミリカメラを買い、近港から貨物船に乗り込んだ。行きたいと思う先は特になかった。沖にさえ出ることができれば、未来に近づくような気がしたからだった。

船に連れられるままに、海から海へと移動した。持ち金が底をつくと、降りた港町で仕事を探した。教会や写真館に事情を説明しては、結婚式や洗礼式の記念撮影を請け負い、また船に乗る。港で嵐をいくつかやり過ごすうちに、何人かの船乗りたちと懇意になった。しばらく海で暮らすと、港が変わっても顔ぶれはたいてい同じなのだ。

親しくなった船員の中に、コルシカ島にほど近い島の出身者がいた。これといった産業のない離島で、島の男の大半は船員になって遠くに出稼ぎに行くか、島の周りで漁業に従事する。

「何もないが、だからいい島だ」

次の航海まで間がある、とその船員から誘われて、マリーノは島へ行くことに決めた。

静かなようで、地中海にも激しい潮流がある。小島は、その流れに挟まれるようにしてぽつんとあった。藍色《あいいろ》の大海に、岩肌の茶と松の緑が一握り浮かんでいる。半日もあれば一回りできるほどの、ごく小さな島だった。宿屋がないので、島の外から人は来ない。人知れず、透き通った海が広がり、奥深い森林を抱いた山がある。

島を縫うように歩きながら、マリーノは未知の景色を丹念に撮った。海風が吹き付ける浜に、小さな白百合が咲いている。次の岩を回り越えると、足元の砂は白から薄いピンク色に変わる。貝殻が割れて、海岸を埋め尽くしているのだった。

島の人たちは、寡黙なようで島内の噂話には熱心だった。外から来たマリーノはたちまち皆の聞き役となって、狭い島の中の暮らしの隅まで知り尽くした。

〈映画の中で観てきたことは、いったい何だったのだろう〉

マリーノは、島での数週間に陶然とした。

下船するとすぐに荷物をまとめて、ミラノへ越した。それまでの暮らしと訣別し、自分にとって無機質な場所でこの白昼夢をまとめてみようと思ったからである。

「島で見た光景の数々は、そのときの私の気持ちを映した万華鏡のようなものだったのかもしれません。後にも島を訪れましたが、あのときのような強烈な印象はもうどこにも見つけることができなかった」

初めて編んだドキュメンタリーには、語りもつけず音楽も入れなかった。

海と松の間を抜ける風。

カモメの鋭い鳴き声。

岩にあたって散る飛沫《しぶき》。

島の子供たちの喧噪《けんそう》。

舵《かじ》の軋《きし》み。

砂を踏む足音。

そして、ときおりつく、自分の深いため息。

人に見せるために作ったわけではなかった。演じる側から創る側へと変わることを決めた時期の、記念撮影のつもりだったのだ。

礼代わりに件《くだん》の船員には見てもらおうと港町で待ち合わせると、ちょっと来い、と船員に連れていかれた。

防波堤の近くに帆船が留めてあった。

次の乗船を待つ船乗りたちと港で働く人たちが集まっていた。日が暮れるのを待ち帆を張って、そこへ〈島の海〉を投影したのである。

どこまでが映像で、どこからが本当の海なのか。

集まった海の男たちは、見慣れた海に自分たちの知らない顔があるのに驚いて見入った。

評判は港に流れて、やがてミラノの出版社から声がかかり、雑誌に掲載された。

ノンフィクションとはいえ詩的なその短編が注目を集めて、マリーノは船に乗りながら文章も書くようになった。寡黙な文章にはじっと人を見つめている温かさが感じられる、と好評だった。

〈これでいけるかもしれない〉

マリーノは、島の海に導かれるがまま大海に躍り出て、威勢良く帆を張り、しかし綱を緩めるタイミングを逸して、漂流し、古びて傷んだ船に乗った状態で現在に至っている。

「第一作目であまりにうまく撮れ過ぎてしまうと、次からは厳しいものです。競争相手が自分ですから」

あれはまさに、白昼に見た夢だった。

マリーノは繰り返し島を訪れては、夢の再来を待った。

嵩高《かさだか》さばかりが目立つ旧式の機材を担ぎ足元の悪い岩場や深い森を歩くと、経った時間の重さが肩にのしかかってくるようだった。

同じことを繰り返して、前作を超えるものが撮れるほど、自分には創造性はない。

それは、何世紀も海風に打たれ、岩が丸くなる以外には何も変化のない、島の様子とそっくりなのだった。


切れ味の悪いナイフで切り取ったような、輪郭の曖昧《あいまい》な風景を撮る。腕のせいではなくて、機材が古びたせいなのだ。ところが、古道具を過ぎて骨董のようになった機材で撮った、そういう映像を面白がる若いクライアントも出てくるようになった。ミラノにいれば、一人で暮らすには困らない程度の仕事はある。

ローマには、もう帰らない。三十年前の映画仲間たちは、もう彼のことなど覚えてはいないだろう。

自分なりの小さなノンフィクションの世界で、身の丈に合う達成感を味わえればそれで十分ではないか。

リール入りのケースが積み上げられた奥には、何本もの釣り竿が立て掛けられている。

ああそうだった、とマリーノが手招きするので奥へついていくと、廊下の暗がりに水槽が置いてあるのが見えた。小さな電灯が一つ点いているだけで、水槽の中はぼんやりとしている。

「アルベルトです。気の小さい奴で、人見知りが激しくてね」

中には、赤茶色をしたタコがじっとしている。

前回、島に出かけたときに釣り上げて、目が合い、捌《さば》けずに連れてきたのだという。

「無口なくせに、注文が多い奴でね。二日に一度、島から海水を空輸して取り替えてやらないとならない。自分の水の中にいれば、それで安心するらしいのです」

アルベルトに向かって言っているのか、自分に言い聞かせているのか。

六十を目前にしたマリーノは、その暮らしぶりこそが短編映画であることに気がついていない。

僕の胸の内

もう九時を回っている。

ベッドの中で薄目を開けると、穏やかな日が窓から差し込んでいる。

昨夜は遅くまで叩き付けるような雨で、一気に冷え込み、いよいよ冬の始まりか、と覚悟して布団に入ったのだった。

日曜日の朝、階下の広場はまだ閑散としている。晩秋の朝日が、黒く濡れた路上を薄く照らしている。

足元で、犬がこちらを見上げている。散歩を待ちきれないのだ。

犬は満身の力でリードを引き、広場を渡る。

公園へと続く道沿いの木々は、ほんの数日前まで青々と葉を繁らせていたのに、今朝見ると手前の木は茶褐色に、その奥は黄色や濃い小豆色《あずきいろ》に葉の色を変えている。どこからか赤く染まった小さな葉が、風もないのにはらはらと舞い落ちてくる。落ち葉で路面は覆われて、犬は秋の景色に鼻をひくつかせている。

散歩日和《びより》である。

うららかな晩秋の日のことを、イタリアでは〈聖マルティーノの夏〉と呼ぶ。聖人マルティーノを祝う日が十一月十一日なので、それにちなんだものだろう。

聖マルティーノの祝祭に合わせて、晩夏に収穫した葡萄の醱酵《はっこう》の進み具合を味見する。熟成にはまだ遠く、果汁だった液体はアルコールの香りをほのかに漂わせ、ワインへと生まれ変わる刻《とき》をじっと待っている。完成するまでは、ただの葡萄汁である。名酒に仕上がるのか、それとも駄作で終わるのか。時が経たないことにはわからない。

農作物を取り入れ、出荷し、種や球根を採取し保存して耕地を整えると、もう晩秋である。聖マルティーノは、熟成を見守る神なのだろうか。


色とりどりの落ち葉の上を歩くうちに、土と空を見ながら暮らす友人のことを思い出した。友人ティナは、建築家である。大学を出て数年、とまだ若い。

イタリアの旧い建物や遺跡は、文化財保護法で守られている。解体して新しく建て直す、ということはほとんどない。せっかく建築家になっても、住居や店舗の改築や内装を手がけるのが日々の仕事となる。

ミラノ工科大学の建築学部は世界的に有名で、結果、町には建築家が溢れている。よほどの才能と縁故がなければ、頭角を現すまでにはいたらない。浴室の改築や子供部屋の模様替えの手伝いを繰り返すうちに、一生が終わってしまう。

早々にティナは、町で働くことに見切りをつけた。ミラノやトリノの人たちが通う休暇先で、別荘の管理を仕事にしている。

幼い頃からティナは、夏は海、冬は山、とそれぞれの地に住む親戚宅で休暇を過ごしてきた。休暇を終え都会人が引き上げたあと海や山の村がどうなるのか、彼女は知っている。

春に不測の雪が降っても、不在宅の屋根の雪下ろしをする人はいない。多くの家主は、休暇のときだけやってくる仮の住人である。クリスマスのあと、大晦日と元日を山の家で過ごしてしまうと、厳重な戸締まりをして町へ戻っていく。次に山へ来るのは春の復活祭頃だろうか、それとも初夏の週末か。

海の家に、下手《へた》に庭など作ると雑草抜きが大変である。せっかく休暇にやってきたというのに、最初の数日は草抜きに明け暮れることになる。伸び放題になった雑草のせいで、家に入れないからだ。

手入れされていない庭や家は、侘《わび》しいものである。何年も閉め切られたまま、野ざらしになっている別荘もある。子供が育ってしまうと、家族の習慣は途切れ、親の人生も変わるものだ。

長年にわたって同じ海や山とミラノを往き来してきたティナは、世代が替わり、家が古びて、町並みがくすみ、界隈から活気が失せていくのを見るにしのびなかった。

〈新しいものを建てるばかりが、建築家の仕事とは限らない〉

大学を卒業すると、工務店を立ち上げた。社員は自分一人で、事務所は二カ所である。幼い頃から寝泊まりしてきた、海と山の親戚の家の一室だ。

『庭の手入れから水道管の修理、壁のペンキ塗りなど、別荘の世話を引き受けます』

看板を掲げるとさっそく、休暇を共に過ごしてきた幼馴染みたちの家々が、留守宅の管理を依頼してきた。


聖マルティーノの夏が訪れると、冬はすぐそこだ。

毎年この時期にティナは別荘地の仕事場へ出かけていくと、聞いていた。季節外れの海や山には、独特の魅力がある。小旅行と考え、彼女を訪ねてみることにした。

連絡をすると、ティナは海にいた。

ジェノヴァ港から内陸に少し入ったところにいるのでぜひいらっしゃい、と歓迎した後で、

「悪いけれど、犬はミラノに置いてきてもらえる？」

すまなそうに付け加えた。


ティナの祖父母の家は、ジェノヴァの最西端の地区にある。一度、初夏に訪れたことがある。家の前の道を渡るともうそこが波打ち際、という場所だ。海水浴には便利だけれど潮風のせいで庭はすぐに駄目になる、と以前ティナが残念がっていたのを思い出す。

ティナの部屋は、祖父母の家の二階の山側にある。

窓から見える風景は、何年経っても変わることがない。連峰を遠景に、なだらかな山の斜面

が手前へと重なり流れ、緑の濃淡を繰り広げている。

額入りの古い名画を見るような、ティナのお気に入りの眺めだった。

砂浜がひっそりと静まり返ったある秋の朝、バリバリと大きな音がした。

ティナが驚いて窓を開けると、山へと続く道をふさぐように、イチョウの木が倒れているのが見えた。

〈病んだ木が、自然に朽ちて倒れたのだろう〉

急いで表へ出てみると、辺りに緑の匂いが濃く漂っている。

美しく黄色に染まった葉をつけたまま、木は倒れている。そばに初老の男が立っていた。坂道を少し上ったところの住人だった。

男は眉間《みけん》に深い皺を寄せて、忌々《いまいま》しそうに木を見下ろしている。

「秋が来るたびに我慢してきたけれど、もう限界でね。この夏、持ち主が死に、遺族から了解を取り付けたので、始末したのさ」

舌打ちをしながら、言い捨てた。

木は傷んで倒れたのではなく、男に伐《き》り倒されたのだった。

「実が臭くてたまらないし、そこいらじゅう落ち葉だらけにして汚らしかったからな」

小柄な男は気難しそうな顔つきのまま、強いシチリア訛《なま》りで喋った。

ティナの祖父母との付き合いはなかった。ただ、彼は移住してきて以来ずっと土工をしている、と耳にしていた。

私が初めてティナの祖父母宅を訪れたとき、山側を散歩しながらその話を聞き、ティナが問題の切り株を見せてくれたことを思い出す。

犬を預けて、ミラノを出る。

ジェノヴァの高速道路の出口までティナに迎えに来てもらい、いっしょに内陸へと向かった。緩やかなカーブを数回繰り返し、ほどなく目的地に着いた。

見晴らしのよいところだった。別荘地として斜面を切り開き、整地したのだろう。ジェノヴァ港を見下ろしながら、深呼吸をした。山の空気が清々《すがすが》しい。

私たちが車から降りると、庭の奥に立ち上がる人影が見えた。

「だいじょうぶよ。こちらへいらっしゃい」

ティナが手招きした。

こちらへ歩いてくる中背の男性は、濃いブルーの野球帽で顔半分が陰になり、表情がよくわからない。男性は私たちから数メートル手前で立ち止まって、軽く会釈をした。

「レナートです」

思いのほか若々しい声だった。ティナと同年輩というところか。

握手でも、と彼に近づこうとすると、ティナは私に、それ以上前へ行くな、と片手で制した。

〈後でまた〉と彼女は私に目配せをし、作業に戻るよう、きっぱりとした調子で男性に命じた。

「ねえ、イチョウを伐り倒した男の話、覚えてる？」

その男性が庭の奥へ戻っていくのを見届けてから、ティナは低い声で私に尋ねた。

「その息子なのよ、彼」


ティナが工務店を立ち上げてまもなく、幼馴染みの女友だちが訪ねてきた。一通り開業祝いや近況報告で話に花を咲かせたあと、

「ちょっと頼みたいことがあるのだけれど」

女友だちは、切羽詰まった様子で切り出した。

恋人がいる。付き合い始めてまだ日は浅いが、すでに半同棲のような状態だという。二人とも働いていて、気は合うし、そのうち結婚してもいいと思っている。

「問題は、彼の父親なの」

恋人の父親は、気性が激しい。筋の通った頑固さなら我慢できる。ところが彼の父親は、気難しく、口ばかりかすぐに手も出る始末だった。

ティナは話を聞くうちに、乱暴なその父親とは、件のシチリア出身の土工だと知った。銀杏《ぎんなん》の匂いと黄色の落ち葉を疎《うと》んじて、木ごと伐り倒してしまったあの男……。

幼馴染みは、父親の下で働いている恋人を救い出してくれないか、とティナに頼んだのである。

「建設現場に慣れているので、造園や家の修理にきっと役に立つと思うの」

事業を立ち上げたばかりで助手を雇う余裕などなかったが、「お金より、父親に隷属している彼の精神状態が心配」と、幼馴染みに泣きつかれて、やむなく引き受けることになった。

広い庭で、その青年は黙々と作業を続けている。枯れた草を抜き、枝を払い、石塀の状態を丹念に見て回っている。

ティナの仕事は、資材を運んだりツルハシや手押し車を使うことも多い。いくら彼女が手慣れていても、男手があるとないとでは作業のはかどり方も違うだろう。

まじめな働き者でよかった、と私が彼女に言うと、

「うん、まあね」

浮かない顔である。

小春日和の日曜日も、もうすぐ終わろうとしている。

「ごくろうさま。そろそろあがりにしましょう」

ティナは庭の奥に向かって声をかけた。

はい、と返事がありこちらに歩いてくるレナートは、夕日を背にして、影絵のようだ。

彼が、左手に小さな塊を提げているのが見える。逆光で、ぼんやりと黒い形しか見えない。

ジャンパーか、道具鞄《かばん》なのだろう。

ところが近づくにつれ、その塊が自分の足で歩いてくるのがわかった。どうも幼子らしい。

彼に、あんなに小さな子がいたなんて。

走り寄ろうとすると、突然その子がキャーと金切り声を上げて、レナートに飛びついた。胸元にしがみついているのは、猿だった。

「人見知りなもので」

猿は、あっという間に青年の胸の中へと逃げ込んでしまった。

最初に彼を見たとき、冬にはまだ間があるのにずいぶん厚着をして準備のいいことだ、と思っていた。

上着の膨らみが、生地ではなくて猿だったなんて。

犬を連れてくるな、と言われた理由がやっとわかった。

初対面の女性と長時間いっしょにはいられない、とレナートは徒歩で山を下りていった。猿で膨らんだ胸を抱えて。

「メスでね、嫉妬が激しいのですって」

ティナはすまなそうな顔をした。

私たちは、車で山を下りていく途中、青年と猿が手をつないで睦《むつ》まじく道を下っていくところを追い越した。

バックミラーで見る。青年は、背を丸め左手を伸ばしている。猿はつま先立ちするようにして思い切り上に腕を伸ばし、彼の左手にしっかりと摑まっている。飛び跳ねながら歩き、嬉しくてたまらない、という様子だった。猿も、彼も。

「まじめでよく働くし腕も上々で、とても助かっているの。でも、まさか猿同伴の出勤とはね」

非常識ではないか、とティナは幼馴染みに文句を言ったらしいが、猿は聞き分けがいいし小さくて邪魔にならないから許してやって、と、ねじ込まれてしまったのだという。

ティナは、別荘地の自然が好きで今の仕事を思いついた。

自分なりに、この環境を守りたい。

当地で生まれて育ったレナートも、この自然の一部ではないか。乱暴な父親のせいで彼が傷ついているのなら、救い出すのも自分の仕事のうちなのだ。

そもそも季節外れの別荘の管理が仕事なのである。住人のいない家を回り、庭の手入れをし、壊れたところを修理して、戸締まりを確かめる。猿がいようがいまいが、作業にはさしたる影響はない。レナートの胸元からときどき頭を出しては大きな目で周囲を窺う猿の様子が滑稽で、慣れるうちに可愛らしくなり、仕事仲間が増えたような気がしてくるのだった。

昼食どきになると、ティナは祖父母の家に戻るか村の食堂に立ち寄るのだが、レナートと猿は砂浜まで下りていく。彼と猿は、家から持参した弁当を仲良く分け合って食べるのである。

そのときだけ猿は彼の胸元から出て、横へちょこんと座る。

波打ち際に並んで食べる。猿は誰も寄せ付けない。

昼食ごとにレナートは、ティナに猿の無礼を詫びた。

「自分が人を近寄らせたくないから、レナートはいつも猿といるのよね、きっと」

ティナは苦笑いしている。


どのような暮らしなのだろう。

レナートは、恋人と住んでいるのではなかったか。彼女に猿は嫉妬しないのだろうか。

「猿のために、小さな家を作ったそうよ。動物用のケージは見るのも辛《つら》いから、ってね」

家の中に、猿のためのもう一つの小さな家。

恋人との暮らしと、猿との生活。

毛深いけれど人間とそっくりの手で彼の胸に甘く抱きつき、頬を撫で、寄り添って海を見る。

ペットに区別はないとはいえ、日中ずっといっしょにいる相手がメス猿となると、レナートの恋人はどういう気持ちでいるのだろう。

バックミラーの中の情景を思い出し、彼とその恋人の心の内を思う。


冬が訪れ、ティナは山の別荘の点検に忙しい。スキーシーズンを間近に控えて、週末を山で過ごす家主たちもいるからだ。数日前から暖房を点けて回り、家主が来る前に家を暖めておく。

ティナは気が気ではない。

室内が暖まると、彼はジャンパーを脱ぐに違いない。胸元から出た猿が、人目も気にせずにのびのびとソファや絨毯の上で彼の仕事が終わるのを待つ様子を想像する。

家財を破損したりしないだろうか。粗相をしたらどうしよう。

こっそりとレナートの作業現場を確認してみたいが、もし見つかると猿がうるさい……。

「それで損害保険に入ったのよ」

ティナの心配は取り越し苦労に終わり、冬季の作業は無事に終了した。遅れた休暇でも取ろうか、とティナとレナートが相談しているところへ、新規の依頼が入った。祖父母の知人からの紹介で、トリノに住む人からだった。

「夏までに、海の家のテラスと庭の改築をするのだけれど、そこに合う植木を見繕って世話をしてくださらない？」

現場を下見に行き、ティナは驚いた。高台にあるその家は、ちょっとした博物館のようだったからである。

旧い名家と祖父母から聞いていた。海の家だというのに、異なる時代の骨董家具や美術品で溢れている。雨だれのように無数のヴェネツィアングラスの玉が下がったシャンデリアも見える。カーテンは、たっぷりとドレープを作り床に流れている。ソファの足元や玄関前の廊下には、キリムやトルコ絨毯、絹の段通《だんつう》も敷いてある。改築予定のテラスには古いガラスが入った天蓋《てんがい》がつき、温室ふうになっている。テラスからは階段で庭へと繋がっている。

「孫が増えましてね、屋内外で安心して遊べるようにしてやりたいの」

家主である老夫人は、ティナに希望を伝えた。

一見、優雅なマダムふうだったが、彼女の注文はごく子細にわたり、厳しかった。

水道管や電球の取り替え、暖炉の煤《すす》払い程度の作業ばかりだったティナに、ようやく本格的な改築工事の依頼が来たのである。ティナは興奮して受注を決めたが、帰路、暗然とした。

〈猿はどうする〉

改築工事は、春から初夏にかけて行われる。厳しい老夫人のことだ。きっとトリノから海の家に移ってきて、つきっきりで現場に目を光らせるに違いない。

いつまでジャンパーの中に猿を隠しおおせるだろう。

日差しが強くなれば、冬用のジャンパーを着て庭仕事など無理である。

「キキを連れてくるな、だって？　よくそんな情け知らずなことが言えたものだ！」

レナートは、目を剝《む》いてティナに反駁《はんばく》した。

ふだんは雑談することもなく黙々と働くだけの彼が、

「キキほどのムードメーカーはいない」

「僕と彼女は一心同体なのだ」

「草木が喜ぶ植え位置は、誰よりもキキがわかっている」

「あんたに猿の気持ちがわかるはずはない」

怒りで顔を赤紫色にして、声が嗄《か》れるまで延々と罵声《ばせい》を上げ続けたのである。

胸元からときどき猿が顔を出しては、心配そうにレナートを見上げた。同じ赤紫色の顔をして。

レナートの怒声は、ひどいシチリア訛りだった。

〈木を伐り倒した彼の父親とそっくりだ〉

猿を抱きかかえながら怒鳴る様子に、解けようのない彼の胸の内のしこりを見たようで、ティナは寒々とした気持ちになった。

ティナが危惧した通り、老夫人は改築工事を他人任せにはしなかった。ミリ単位に及んでタイルの目地幅まで指示し、テラスと庭を往き来するティナやレナートには、その都度、靴の泥を拭《ぬぐ》うように注意を繰り返した。

初春から晩春へ。半袖でも過ごせる日が多くなってきた。

ティナは、なるべくレナートを目の届かない庭の奥のほうへやり、ガラス張りで暑いテラスは自分が担当するようにした。

綿シャツでも汗ばむほどの陽気である。冬用のジャンパーの中に毛深いキキを隠し抱いていれば、どれほど暑いことだろう。

もし猿が暑さに我慢できずに飛び出してきたら、大変なことになる。

「ちょっと、お宅のスタッフ、何をなさってるのかしら」

老夫人が眉を顰《ひそ》めて目配せするほうを見ると、立ち上がったレナートの後ろ姿が目に入った。

晴天の日差しの中、彼は股間に手を当てている。懸命に何かをまさぐっている手の下からは、ぞろりと茶色の棒のようなものが覗いている。

おお汚らわしい、と老夫人は大急ぎで目を逸《そ》らしてから、

「用足しならうちのを使うように、と叱ってきてちょうだい！」

ティナに命じた。

近づいていくと、レナートは低い声でブツブツ言っている。

「あと少しの辛抱だ。仕事が終わったら、いっしょに海岸へ行こう。涼しい風が待ってるぞ」

ジャンパーの中を覗き込んで話しかけながら、ときどき両手で股間にはみ出てくるものを服の裾内《すそうち》へと押し込んでいる。茶色くて毛深く、棒のようなものを。

猿のしっぽを。


初めて自分に訪れた、建築家としての好機を取るか。

幼馴染みの頼みを聞きとげて、人助けを取るのか。

ティナが悩んだのは、夏までだった。

午前中から三十度を超える暑い日だった。

テラスと庭の完成まであと少しというところだった。レナートはやっと厚ぼったいジャンパーを脱いで、ショートパンツとタンクトップという軽装で現れた。

遠目には個性的な柄に見えたタンクトップは、近づくにつれてプリント柄なのではなく、本

物の猿が胸元に張り付いているのだとわかった。

老夫人が悲鳴を上げたのと同時に、

「今すぐ解雇よ、あなたも猿も！」

ティナはレナートに叫んだのだった。

いつも見ている

とうとう零下になった。

外気に当たると、頰がジンジンと痺《しび》れる。

食材も日用品もまとめ買いし、人と会う約束は日のあるうちにして、家に籠《こも》る。

買い過ぎて、冷蔵庫に入り切らなくなってもだいじょうぶ。食料品は、バルコニーに吊るしておけばいい。外のほうがずっと温度が低いのだ。ただし、夜中のうちに葉野菜を凍らせてしまわないように気をつけなければならない。

外に長くは置いておけないものから食べていく。その順で、毎食の仕度を考える。自分が出かけていくのは寒くて億劫《おっくう》なので、なるべく人をうちに招くようにしよう。

来客を予定している今晩は、根野菜で。ポトフにしようか。それともオーブンで焼いて、牛肉のローストの付け合わせにするのもいいかもしれない。

ふと、犬がガラス戸の前に座っているのに気がついた。引き戸の間に鼻をすりつけるようにして、じっと一点を見つめている。

寒過ぎて、バルコニーにはもう鳩すら飛んでこない。虫は地上に出たら、たちまち凍ってしまう。ネズミが屋内に入り込むのは、初秋までだという。

何がいるのか、と犬の視線を追うと、吊るした牛肉入りの袋なのだった。ジャガイモとニンジンの袋はその横に掛かっている。犬は、今晩の献立を見抜いたのだろうか。


部屋に戻り、仕事にかかることにする。

その前にコーヒーでも淹《い》れて、と台所に立ち寄った。するとその隙に、私の椅子の上で犬が丸くなっている。犬の前には、ゲラに細字の赤ボールペンや修正ペン、定規に眼鏡が散乱している。

仕事場に戻ってきた私を見て、犬は口の右端をくいっと上げた。愛想笑いのように見える。いや、早く仕事にとりかかるように促す渋面かもしれない。

編集部から送られてきたゲラを校正し、日本へ返さなければならない。締め切りは迫っている。

犬は分厚いゲラと赤いボールペンにちらりと目をやってから、私に命じられる前に椅子を降りた。

「うちのプードルは私が練習している間ずっと、専用の椅子の上で眠って動かなかったのですよ」

飼い主が最も気にかけているものを見抜くのだろうか、とゲラをちらりと見た犬のことを言うと、その通り、と音楽家の知人は自分の飼い犬の逸話を話した。

ピアノの脇に置いていたオットマンは、いつからか彼の犬が使うようになった。基礎練習は、長い。美しい旋律だが、毎日同じ曲の繰り返しである。丹念に弾き込み、切磋琢磨《せっさたくま》する。芸術家の毎日は孤独で、自分との闘いのようなものなのだろう。

犬は、練習の始まる時刻を知っている。主が鍵盤に触れる前にピアノに近づき、静かにオットマンに乗り、丸くなって目をつぶる。そのままそこで長くて美しい、そして相当に退屈な時間を過ごすのだった。

ピアノのレッスンに寄り添う犬を想像してみる。

聴衆が他に誰もいない部屋で、流れるピアノの音に包まれて飼い主と対で過ごす時間を、犬はどれほど待ちわびたことだろう。

指先から鍵盤に伝わる感情が彼だけの醸し出す音色となり、部屋じゅうに溢れる。オットマンの上でじっとしていると、雨の雫《しずく》のように一音ずつ、音色が犬の身体に沁《し》み入っていく。独り占めする、音楽と時間。

一編の詩のよう、と感心して、知人との電話を切った。


ピアノの話から気持ちが昔に飛び、これまでに見たさまざまなピアノのある情景を思い出す。『海の上のピアニスト』。ぼんやりとフィリップのことを思う。

それはジュゼッペ・トルナトーレというイタリア人監督の映画で、ずいぶんと封切りを待ちわびたのだった。公開前から、フィリップがこの映画のことをよく話していたからだ。

あれからもう十五、六年、経つ。


当時フィリップは、私が仲よくしていた女性カメラマン、ミーナの恋人だった。

今日のようにとても寒い冬の夜、ミーナに招かれて訪ねた食卓に彼がいた。

ミーナとは公私で頻繁に往き来があったが、一度も恋人がいるようなそぶりを見せたことはなかった。まだ三十手前だったが、若い女性にありがちな過分な華々しさはなく、むしろいつも仏頂面をしてとっつきが悪かった。元々話すのが苦手らしく、言いたいことがあるときは、ことばの代わりに身辺を撮ったスナップ写真を見せたりした。

恋人ができたことを改まって報告するのが照れくさくて、夕食が二人の仲のお披露目代わりだったのかもしれない。

その晩フィリップはずっと前からいたようにごく自然に食事をし、食卓で二人にあれこれ訊く人もいなかった。

その日を機に、彼はミーナの家で暮らすようになった。


ミーナはミラノの高校を出るか出ないかで渡米し、しばらくニューヨークで暮らしていたことがある。表向きの理由は写真の勉強、だったが、本当のところは厳しい父親から離れたかったからしい。ふとしたおりに家族のことに話が及ぶと彼女はたちまち話題を変えたので、詳しい事情は知らない。それでも母親との仲は、よかったようだ。

近所なので、私が通りすがりに彼女の家に立ち寄ってみると、居間のテーブルに紅茶茶碗が置かれたままだったり、

「母のお古を貰ったの」

嬉しそうに地味なカーディガンを羽織ってみせたりして、母親が訪ねてきていたことを知るのだった。

無造作に髪を束ねていても、ぶっきらぼうな物言いでも、育ちの良さはわかるものである。母親から譲り受けたカーディガンを着ると、とたんにミーナからは上質なミラノが匂い立った。

彼女の実家は、特に知られた名家というわけではない。父親は成功した自営業者で、ふつうよりやや上という暮らし向きである。成功すると世間体のための付き合いもあるものだが、一家は無駄に浮かれたりはしない。父親は、苦労して一代で手に入れた現在の生活を分相応に守っている。

ミーナが住む集合住宅は、かつて工芸職人たちが集まり暮らした庶民的な地区にある。彼女の父親は、住む人のないまま長らく放置されていた工房を安く買い上げて、現代的なアパートに改築した。

地道に実績を積み上げ成功を手にした父親にしてみれば、アメリカに渡って写真を勉強する、という娘の世界観は理解できない。

〈写真で生計が立たなくても、家さえあれば路頭に迷うこともないだろう〉

父親は、娘のために年金を先取りしておいてやるようなつもりで、その元工房を買ったのだった。

帰国した娘は、父親の計らいをもちろん拒絶した。自分の人生なのだ。父親の世話にならず、好きなようにしたい。大人になってまで父親に甘えるなど、彼女のプライドが許さなかった。

しかし、新米カメラマンにそう容易く仕事が取れるものではなかった。アメリカでの一人暮らしのあと、親との同居は息が詰まる。しかし、独立するにはまったく稼ぎが足りない。ますます仏頂面の毎日を送っていたミーナに、ある日父親が黙って鍵と書類を差し出した。生前贈与したのである、改築したての元工房を。

ミーナが住み始めると、都会ふうに改築されていたアパートには昔の通り、職人の工房の雰囲気が戻った。キャスティングもメイクも撮影すら、家で行ったからである。

フィリップとの同棲を父親がどう思っているのか、彼女は話さない。父親がミーナを訪ねてくることはなかった。それが娘の選んだ相手についての感想、ということなのだろう。

あの晩、初対面だったフィリップに違和感がなかったのは、彼がミーナと同様に〈創る人〉だったからか。

フィリップは、映像編集者だった。ミーナとは、ニューヨーク時代に知り合ったらしい。二人揃って、金銭と仕事運と展望が尽き、ミラノに戻ってきたのである。

まったく仕事がないかというとそうでもなく、若い二人にはときおり驚くようなチャンスが転がり込んだ。ミーナには『ヴォーグ』が、フィリップには『海の上のピアニスト』が。

「難しいよ。監督も、作品も、技術も、人間関係もね」

フィリップは、青白い顔で眉間に皺を寄せて、自分が関わっている映画について話した。公開まであと数年はかかるだろう、とも難しそうな顔で言った。したがって、監督の名前も、映画の内容も、自分の仕事の詳細も明らかにはできない、ともったいぶって繰り返した。

「業務上の守秘義務があるからね」

数年にわたってフィリップは、ことあるごとにその映画の話をした。誰かに聞かれるのを恐れるかのように声をひそめて話したが、聞いている全員が、監督名も作品タイトルも内容もすでによく承知しているのだった。たとえフィリップが具体的な名前を出さなくても、カメラマンと映像編集者の家に集まるような仲間たちには、すぐに何のことなのか見当がつく。それでも皆はわからないふりをしたまま、毎度フィリップの話を熱心に聞いた。

彼が担当するのは、特殊効果の編集だという。コンピューターが得意なのだ。

有名監督が手がける大作には、助手の他にも大勢のスタッフが編集作業に携わる。撮影現場まで知るのは、せいぜい責任者ぐらいだろう。フィリップが請け負っていたのは、膨大な工程のごく一部に過ぎなかったはずだ。全容を知る術《すべ》もなく、末端の細かな作業を黙々と続ける。スタジオにも行かない。自宅のコンピューターに向かって、作業をする。

その仕事が、「いかに大変で」「しかし名作に関われる喜びは大きく」「後世に残るので」と、フィリップは密《ひそ》やかな口調のまま、実に誇らしそうに話した。

さばけていて大雑把なミーナとは対照的で、彼は神経質で内向的だった。編集作業をするときだけ、彼は外界と接するのだった。

待ちに待って観た映画は、前評判に違《たが》わず、すばらしい出来だった。

前世紀の大型豪華客船の中で生まれた、身元も名前もわからない少年が、船外に一歩も出ることなくピアニストとして生きる。ピアニストの一生と世の中の様子が交錯し、船という母胎の中から出たことのない男の、外界への恐れと憧れがピアノの旋律で描き表される。

ストーリーが終わっても私は席に残り、画面に流れる製作関係者の一覧を懸命に見続けた。ようやく〈編集・特殊効果〉というエンドロールが出て胸が弾んだが、フィリップの名前はなかった。スタッフの数は膨大だった。だだっ広い画面に川のように名前が流れ続けて、その中から彼の名前を見つけ出すのは難しかった。公開中、繰り返し観に行ってはエンドロールに目を凝らしたが、とうとうフィリップの名前を見つけることはできなかった。

『海の上のピアニスト』は、映画祭で賞も獲るような名作だった。国内外で絶賛され、テレビでも放映されて、サウンドトラック盤はヒットし、町のあちこちで美しく切ないピアノの旋律が聴こえた。

やがてDVD化されキオスクの軒先にも吊るされるようになった頃、ミーナとフィリップは別れた。

憮然《ぶぜん》とした表情で、ミーナは黙ったままだ。

二人のことは、他から聞いていた。お茶でもどうか、とミーナから電話があったのは、フィリップが出ていってから数日経ってのことだった。

室内は、ひどく雑然としていた。もともと整理のよい家ではなかったが、散らかりかたにミーナの放心ぶりが知れた。

居間のソファの座面は凹んだままで、クッションが二つ折りになって置いてある。大半の時間をそこに寝転んで過ごしているのだろう。本棚に入り切らない写真集や美術展のカタログ、映画雑誌のバックナンバーが床に高く積み上げられ、壁にしなだれかかっている。その脇には、おびただしい数のCDがある。レコードを取り出した空のケースは、開いたまま床やコーヒーテーブルの上に散乱している。天井からは、鯨のモビールが揺れている。フィリップがこの家に引っ越してきたときに吊るしたのだ。

「海の上にいるような気分になるからね」

まるで謎掛けでもするように言い、静かに笑っていたのを思い出す。

CDも美術のカタログも、鯨たちもフィリップが持ってきたものだった。もはや家の光景の一部になっていた。

彼は、着の身着のまま出ていったのだろうか。

「これまで残していったのよ」

ソファの後ろに手を伸ばしたかと思うと、ミーナは片手で大きな塊を持ち上げて足元に置いた。

ミャオ。

猫は迷惑そうな顔をし、太った腹を揺すりながらのろのろと窓際へ歩いていった。濃淡のある茶色に白がところどころ混じり、目の周りの黒い毛のせいで眼鏡をかけているように見える。

「マティスというの。晩年の彼に雰囲気がそっくりだから」

散らばった雑誌やレコードを注意深く避《よ》けるようにしてマティスは歩き、部屋の隅に適当な隙間を見つけてそこに丸く収まった。太った身体に首が埋まり、大きな毛糸玉が転がっているように見える。

二人が猫を飼っていたなど、知らなかった。


ミーナと同棲する前、フィリップはミラノ中央駅近くに母親と住んでいた。母親が逝ったあと、フィリップは長らく一人暮らしだった。ときどき依頼がある仕事だけで生活ができたのは、母親が遺したその家があり、家とともに残った彼女の作品が多数あったからだ。フィリップの母親は、そして彼女の両親も叔父も叔母も皆、画家だったのである。

一人で暮らすには広過ぎる家で、彼は猫と生活していた。

「しんとしていて、廊下や居間、寝室にもたくさんの肖像画が掛けてある家だったわ」

晩年、フィリップの母親は肖像画ばかり描いていたらしい。

北の国の人たちに特有の、白い細面《ほそおもて》の顔。

灰色がかった青い目。

白髪まじりのくすんだ金髪。

人物の背景は、曇天《どんてん》や室内の深い影。

絵の中からこちらを見つめている、たくさんの目。

フィリップの家の様子を聞きながら、冬空のような色をした彼の瞳と青白い顔を思い出す。

「最初にフィリップが連れてきた猫は、この家とは性《しょう》が合わなかったみたい。一週間もしないうちにいなくなったの」

長年いっしょに暮らした猫だというのに、フィリップは捜そうとはしなかった。家に帰ってこなかった翌朝、窓から中庭へ目を泳がせてみたものの、いないことがわかると、それでおしまいだった。ミーナはフィリップの情の薄さを詰《なじ》ったが、彼は外に出て猫の名を呼んでみようとさえしなかった。

母親が死んだあと、フィリップと水入らずの時間を過ごしたその猫は、雌だった。

ほとんどの時間を家で過ごすフィリップに、代わりに子犬でもどうか、とミーナは考えた。散歩を理由に屋外にも出るだろうし。

「いつもまとわり付かれるのは、煩わしいよ」

なつかれ、構ってもらわれたがるのは何より苦手、と彼は犬を飼うのを断った。

「それに僕は、庶民的でわかりやすいのは嫌いなんだ。高慢なくらい、そっけないのが好みなんでね」

映画が公開され、皆が一通り感想を述べ終えてしまうと、とうとうフィリップの話題は尽きた。習作のために外へ出ていくわけでもなく、映画を観に行くこともない。一日じゅう家に籠り、人とも会わず、ただCDを流してぼうっとしている。天井には、糸が絡まった鯨が重なり合うようにしてぶら下がったままだ。

ミーナは、やきもきした。目ばかりが目立つ肖像画を一枚ずつ売却しながら、彼は次の仕事があるまで待ち続けるつもりなのだろうか。

彼女は仕事の合間に、鯨に見える雲や駅の階段に脚をかけている猫、芽吹く街路樹などをポラロイドで撮ってきては、余白に数行のメッセージを記して食卓の上へ置いた。彼に言いたいことは山とあるのに、どう伝えたらよいのかことばが見つからない。そもそも小言を言うのは、自分流ではなかった。

ポラロイド写真がひと摑みほどの量に溜まったある日、フィリップは黙って出ていってしまった。

「彼と入れ替わるように、マティスが棲みつくようになったの」

猫は部屋の奥のほうから、眼鏡をかけたような縁取りの目を薄く開けて、じっとミーナを見ている。

もともと飼い主のいない、この近所の路地に棲む猫だった。

人にはなつかない。地区から出ていかないが、家には入らない。住人たちが中庭に置いてやる餌を、気が向いたときにやってきては食べる。フィリップもときどき餌をやっていた。人嫌いどうし、気が合ったのかもしれない。

フィリップがいなくなると、その猫はミーナの玄関前まで近寄ってきては日向《ひなた》に寝そべるようになった。そのうち気がつくと室内にまで入ってくるようになった。

「こんなに太って大きいのは、去勢された雄猫だからなのよね」

ミャオ。

ミーナに向かって一声あげると、後はただ部屋の片隅で丸くなり、薄目を開けて彼女を見つめているのだった。

来年もまた会えるかしら

土が凍り付いている。

あと少しで春なのに、三月には寒の戻りや北風が荒れる日があって、気を緩ませた薄着に寒さが応《こた》える。

ベランダに置いたままの植木は、乾涸《ひから》びた枝と幹で立ち尽くして冬を越したが、まだ生きているのだろうか。恐る恐る、枝先を摘んでみる。簡単に折れなければ、だいじょうぶ。昨年もそうだった。

どこだったか、海に近い町で晩秋に、幹に菰《こも》を巻かれた大樹を見たことがある。

海岸線沿いに広い道がまっすぐに延びていて、道の両側には延々と立派な街路樹が植わっていた。海水浴のシーズンには、さぞ大きな日陰を作ることだろう。海風が乾いた音を立てて、木々の間を、路面を吹き抜けていった。季節外れの海の音と香りを連れてきて、寂しいが渋みのある光景だったのを思い出す。

「あれは防寒のためではなくて、松に付く虫除《むしよ》けでしてね。木は甘やかしちゃ駄目です」

近所の生花店で寒い時期の植木の世話について尋ね、菰巻きに話が及ぶと店主は、過分に世話は焼くな、と助言した。

ミラノの気候は、意外に厳しい。

九月になると秋雨が降り始め、いっこうに降り止《や》まず、十月になってやっと長雨の中休みのような日が訪れたかと思うと、冷風が吹き込む。空が黒く低くなり、霧が出て、雨に変わって霙《みぞれ》が降る。雪が降ったのかと思うほど地面を白く凍らせて霜が降り、氷結すると、しんしんと雪が降り始める。夜半からの冷え込みは朝方には零下となり、人々はぎゅっと口を閉じて目を伏せ、足早に行き交う。

そういう寒い時期が半年続き、瞬時の春には視界が曇るほどの花粉が舞う。花粉は集まり玉となって路上を転がり、浮いて飛び、屋内にまで入り込んでくる。連れ出された犬たちの鼻は、花粉まみれで真っ白だ。アレルギーでない人たちもくしゃみや咳を繰り返し、目元や鼻を拭っている。冬の間じゅう呪《のろ》った曇天を、人々は心待ちにする。ひと降り来ないと、息ができない。掃除をしてもきりがない。

花粉が舞い終わる頃、日差しの色が変わる。強烈な夏の太陽は容赦なく、昼前に三十度を超えたかと思うと、午後三時には四十度近くまで上がっている。北にアルプスを控え、風が通り抜けない。湿度は高く、足元から湯気が立つようだ。例年、晩春の雨といきなりの夏の日差しの合間を縫って、町じゅうに殺虫剤が散布される。湿度の高いミラノの夏は、対策を怠ると蚊が大発生するからだ。

厳寒に雨、雪、凍結、強風に花粉、風塵、酷暑、日照り、蚊の襲撃。

冬と夏との温度差は、激しい年では五十度を超える。

「そりゃ難しいですよ、ミラノで生き延びるのは。次から次へと困難の連続ですからね。前もって問題から守ってやろう、と、いちいち面倒を見てやることなんてできません。予測通りにいかないのが、世の中ってもんでしょう。人に頼ってるようじゃ駄目。寒かろうが暑かろうが、干されようが溺れようが、虫に花粉に、受けてはかわし乗り越えていかないと。今日の辛《つら》さに耐えてこそ明日の楽しさがある、っていうことじゃないですか？」

植木の話である。

店主は、ベランダや庭をまるごとを任されることも多いらしい。生花店で、咲き誇る切り花やみずみずしい葉を繁らせた植木を見ている依頼主たちは、店主に頼めば自分の家のベランダや庭も美しい花木でいっぱいにすることができる、と考える。

店先に並ぶのは、旬《しゅん》の花木である。旬といっても、今どき天然ものの摘み花などあるはずもない。ほとんどが温室か、暖かな他国からの輸入品だ。

鬱陶《うっとう》しい天気が半年も続くせいで、ミラノの人たちは身近で穏やかな自然との接触に飢えている。テラス付きの最上階の家は、賃貸でも分譲でもなかなか出回らない。〈二人用のテーブルが置けるバルコニー付き〉〈表側にバルコニーあり〉など、窓以外の屋外スペースが付くと、周旋業者の惹句《じゃっく》は上調子になる。

ミラノの中心に暮らそうとすれば、買っても借りても、高額で手狭な家がほとんどだ。室内は最低限の家具を入れるのにせいいっぱいで、観葉植物を置くには代わりに住人が出ていかなければならない。それでも、緑に囲まれて暮らしたいと思う人は多い。窓敷居に十センチでも幅があればプランターを置き、花木を植えるのである。

暗い冬が終わると、そうしたミラノ人の自然への渇望を見越すように、運河地区で大規模な植木市が開かれる。国内外から数百の植木商たちが集まり、それぞれ工夫を凝らした露店を張る。毎年、各店の出展場所は決まっていて、同じところに見慣れた花が咲き、木が繁る。薔薇だけを並べる店があるかと思えば、盆栽の店もある。はるばるスイスの山岳地帯から、高山植物の専門店もやってくる。店頭でエーデルワイスを見つけた女の子が、「ハイジだ！」と叫んだりしている。何十種類ものサボテンを売る中年女性も、植木市の顔である。蔓花専門に果樹専門。白い花をつける木だけを扱う店もある。そこだけ雪が舞うようだ。奥に見上げるようなコブシの木が十数本、並んでいる。庭付きの一戸建てなどないミラノで、誰が買うのだろう。

植木市の中でもプリムラを専門に扱う店は、毎年一番の人気だ。目の醒めるような黄色、ピンクの濃淡、深紅、オレンジ、紫がびっしりな、路上、ひな壇のような陳列台、運河の手摺《てす》りに仕切りのラティスを立ててそこにも鉢を掛けての花づくしは、この世の桃源郷か、という光景である。どの鉢も片手に載るほどに小ぶりで、一鉢がせいぜい三百円というところか。

「三個買えば、二個分の値段にまけとくよ！」

花の中から、店主は甲高い売り声を立てている。

老夫人リアとは、その店で知り合った。


植木市が立つ運河はうちから近く、毎年、混み合わない朝のうちに出かけて、置く場所もないのに、誘惑に負けて数鉢を抱えて帰宅する。

例年、運河の入り口に、件のプリムラ専門の店が立つ。植木市にやってくる人たちは、まず入り口でプリムラから歓待を受ける。現実離れした光景に度肝を抜かれ、すっかり花酔いして、奥へと進む。

どの店の花木も美しい。ほんの数百円で美しい気持ちになるのなら、と見て歩く先々で手にしたくなる。しかしいくつもの鉢を提げて市を見て回るのは大変で、皆、〈帰りがけに、入り口にあったプリムラを買おう〉と思う。小さく軽いプラスチック鉢だし、三個買えば二個の値段にしてくれるのだから。


一通り見終え、私も入り口で立ち止まる。

数色取り交ぜて買い求めようと籠に選び入れていると、隣で老女が小柄な身をさらに二つ折りにして、熱心に鉢を選んでいる。

老女の籠には、ゼラニウムが数鉢入っている。

「じゃあ、この種類で十鉢ずつお願いね」

まいど、と店主は威勢良く返事をし、料金も受け取らなければ鉢を包むでもない。

「毎年のことでしてね、きまって二、三十鉢は買いますから、家まで届けてくれるのです。電話で注文してもいいのだけれど、ここへ来ると、まだ生きているのを見せることにもなりますしね」

嗄《しゃが》れてはいるもののしっかりした口調で言い、茶目っ気たっぷりに笑ってみせた。

植木市で会ってから数日後、近所の精肉店で偶然にその老女と会った。

「あら、プリムラの」

まあ、ゼラニウムの。

互いの花の様子を尋ね合い、近所どうしなのだと知った。

九十歳を超える、と精肉店の主人は、老女が店から出ていったあとで、教えてくれた。

「若い頃はソプラノの声で、なかなかの舞台女優だったそうです」

店主は、老女が自分のためにはフィレの少し上の部分、猫には赤身の挽肉を買いに来る常連であること、映画やテレビには出ずに引退してしまったこと、一人暮らしらしいこと、などを話した。

「これまで世間話をするのを聞いたことがありません。長年のお得意さんですが付かず離れずで、あの絶妙の優雅さは、私らにはとても真似できません」

四十過ぎの店主の、父親の代からの客だという。

九十を過ぎての、女の一人暮らしを思い、丹念にゼラニウムを選んでいた様子を思い出す。

「会うときは、また続けて会うものなのですね」

一通りの買い物を終えて生花店の前を通りかかったときに、再び老女が声を掛けてきて、互いに重なる偶然の縁を面白がった。

大柄な生花店の店主と老女は手短にやりとりを終えて、

「お時間があるときに、一度ゼラニウムを見にいらっしゃいな」

と藪《やぶ》から棒に私に挨拶代わりに言い、生花店の店主に、頼みますよ、というふうに目配せして、運河の向こうへと歩いていってしまった。

日は高くなったものの、ときおり日陰を吹き抜ける風はまだ肌寒い。老女の緩やかなフレアスカートから、骨張ってはいるけれどまっすぐの膝下がすっと伸び、足下には履き古しでない、数センチの黒いローヒールが見えた。

「午後リア夫人のお宅まで培養土を届けに行くので、そのときにごいっしょなさいますか」

と、店主が誘った。彼はそのまま彼女の家に留まり、植木の手入れをすることになっているのだという。

一八〇〇年代末期に造られたというその建物は、重厚な造りで壁には凝ったレリーフが施されているものの、格別気取った雰囲気はない。出入りする住人たちは、乳母車を押す異国の若い女性だったり、仕事を終えて帰宅する塗装工や会社勤めふうの中年男、玄関門で待ち合わせをする大学生だったりと、賑やかでごく庶民的である。

エレベーターはなく、ところどころ欠け落ちた石の階段を上がり、中二階に彼女の家はあった。

家に入り、廊下からすぐのドアを開けると小さな台所で、流し台の横のガラス戸からテラスに出られるようになっている。通されたテラスは、建物の内側に面している。正面玄関からはわからなかったが、建物は四角い中庭を取り囲むように四棟からなりたっている。どうりで、玄関門脇に三十戸分もの呼び鈴が並んでいたはずである。

中二階の彼女の家とその向かいの棟の中二階は、テラスで繋がっている。テラスのない他のアパートには、幅狭のバルコニーが付いているところもあれば窓だけのところもある。ベランダもテラスも低い壁ではなく鉄柵で仕切られているので、各家の様子が柵の間から見えて気さくな感じである。

「中二階というのはね、使用人のための寝室があったところだったのですよ」

リア夫人は、上階を指しながら、ここと天井の高さを比べてごらんなさい、と言った。堂々としたアーチ状の正面玄関口のある一階と二階に挟まれて、中二階は畏れ入って身を縮めているように見える。三階以上は揃って同じ高さなのに、中二階だけは数十センチも低い。

「私は背が低いし、他の階のように天井が四メートルもあると、煤払いも大変。こぢんまりとしているほうが部屋が暖まるのも速くて、暮らしやすいのですよ」

リア夫人は、悪戯《いたずら》っぽい顔で嗄れた笑い声を立てた。

かつて、この建物の主の洗濯物を干したのだろうか。テラスは、こぢんまりとしたアパートには不釣り合いに広々としている。

植木市で買ったゼラニウムはそのまま、柵沿いに並べて置いてある。一鉢でも十分に香り高いのに、二、三十鉢ともなるとその青臭さはごく生々しく、濃い。大勢の若者たちがそこにたむろしているようで、圧倒されるほどの生気である。九十を超えた老女とむせ返るような花の匂いはちぐはぐで、私は少し戸惑った。

リア夫人は、テラスをゆっくり歩きながら深く息を吸い込み、

「また夏が来ましたね」

誰へともなく呟いた。

リア夫人と私は、台所でテラスを眺めながら紅茶を飲み、取るに足りない世間話をした。生花店の店主は階下とテラスを何度も往復しては、培養土や軽石、網や針金、スコップなどを運び、午後いっぱいかけてゼラニウムを丹念に植え替えた。

しっかりした茎を中心に、まっすぐ伸びて力強く咲くゼラニウムもあれば、浮き草のような柔らかで小さな葉を四方八方に広げ、その間から可憐な茎を細長く垂らし、下方に向かって小花を散らす種もあった。店主は、色や花の釣り合いを考えて並べ植えた。台所から見るゼラニウムの花々は、大空に打ち上げられた花火のようだった。

華やかで、生き生きとして、しかし儚《はかな》くもあり。

音のしない花火をリア夫人は黙って見ている。


不思議な時間と空間に呑《の》み込まれて、長居をしまった。

生花店の店主といっしょに建物の外へ出たとたん、周囲に初夏のミラノが戻り、夢から覚めたような気がした。

「ゼラニウムは強い花なのに、毎冬すべて枯れてしまうのです」

店主は苦笑いした。二十年近く、リア夫人のゼラニウムの植え替えを頼まれてきた。それでも、いつから彼女があの家に住んでいるのか、知らない。店主が親から店を継いだ日に、リア夫人が花を買いに訪れて、以来付き合いが続いているという。

彼女がいつ頃から独身なのか、家庭を持ったことがあったのか、秘めた相手があったのか、長い出入りの彼ですらわからない。

切り花なら赤い薔薇一本、鉢植えならゼラニウム。

十年一日の如く、彼女が選ぶ花は決まっている。

「変わらないといえば、身だしなみとことば遣いもそうですね。私など、リア夫人の孫ほどの年だというのに、一度も敬語を崩して話されたことはありません。いつ訪れても、膝丈のフレアスカートに丸首のセーター、あるいはシルクのブラウスという身だしなみも変わりません」

頑固で融通が利かないかというと逆で、キレの良い冗談を言ってはいっしょに大笑いしたり、

作業の合間を見計らってウイスキーボンボンの差し入れがあるかと思うと、

「大変でしょう、この時期は」

初霜の頃になると、色つきの洒落た軍手を贈ってくれたりもするのだった。

もう何年も前から店主は毎朝、卸売り市場で一番の赤い薔薇を競《せ》り落としてくる。

細いけれどまっすぐで、強い茎。

赤い花を取り囲む、緑の濃い萼《がく》。

張りのある葉。

まだ内側に身を丸めるように花弁は固く閉じているが、その姿がすでにもう美しい、蕾《つぼみ》。

長い茎の品格ある薔薇がいつも店の奥で背を伸ばしているのを、店主の話を聞きながら思い出す。


ゼラニウムは強い花である。何年も彼女が買い続けているのなら、持ちのいい種類も冬越しの方法も知っているに違いない。それなのに、毎年新しく買い入れるのはなぜなのだろう。

中二階の家に繫がる、広々したテラスを思い浮かべる。

四方を七階建ての棟に囲まれて、中庭へはほとんど日が差し込まない。太陽が回っていくごとに、四辺の建物のどれかが影を作って中庭を覆う。逃げ場のない湿気が黒カビとなり、打ちっ放しのコンクリートに覆われた床はくすんでいる。

リア夫人のテラスにも、日は差し込まない。

「ゼラニウムが咲かない冬になると、辛うじてあそこには日が当たるのですけれどね」

もうすぐ夏も終わるという頃、花の見納めに誘われて彼女の家を再訪したとき、テラスの壁の上方を指して彼女は苦笑した。

植木をビニールで覆ってみた年もあった。大雪が降り、ビニールの上に積もった雪の重さで葉を落とした枝は折れ、溶けた雪のせいで鉢の土は乾かず、根が凍り腐ってしまった。

ならばそのまま放置しよう、と決めた冬もあった。甘やかしては、ミラノでは生き抜けないのだ。

床面には一筋の太陽も当たらず、突風が吹き、霙に濡れそぼち、霜柱が突き上げた。ミラノの半年に及ぶ冬のあいだ、ずっと。

「最初は、ゼラニウムを植えて蚊除けにするつもりだったの。色の通り、その匂いも特徴も強烈でしょう」

虫を寄せ付けない、強くて美しい花は、夏が終わると姿を消して、じめついたテラスはいっそう暗く寂しく見えた。わずかに生き残ったゼラニウムが、乾いた細い茎だけを鉢の上に伸ばし、香りも魅力もないまま夏を待つ様子を見ると、

〈次の舞台に声がかかるのを待っていた私のよう〉

と、自分の若かった頃を懐かしく思い出した。

そして、寒さに負けて夏の出番を待つことなく消えていく大半の花たちを見て、自分に次の夏はやってくるだろうか、と覚悟を決めるのだった。

花の冬越しに、老夫人が自らの余生を重ね合わせ見ているらしいと知って、植木市の露天商は彼女から注文を受けなくても、テラスを覆い尽くすだけのゼラニウムを用意して待つようになった。

「何より楽しみにしているのはね、新しいゼラニウムといっしょに必ずやってくる新参者なのよ」

太い毛虫は蛾になって舞い、運が良ければ蝶も交じり、鉢を動かすと丸虫が慌てて逃げ込む。テラスに見える銀色の筋は、ナメクジが這ったあとだ。ゼラニウムの花が終わる頃に、羽音を鳴らす名の知れないバッタが飛び出てくることもある。

店の奥の赤い薔薇。
花火のようなゼラニウム。
青臭い匂い。
瞬時の夏。
蠢《うごめ》く虫たち。

階下とテラスを張り切って往復し、土を運ぶ生花店の店主を思い出す。運河の入り口で、花の絨毯を敷き詰めて売り声を上げる露天商を思う。

毎冬ゼラニウムが枯れてしまうのではなく、実は老女が故意に枯らしているのではないか。

虫が湧き花に活力を与える土を運んでくる、あの気の良い若い男性たちに会うために。

強烈な青臭い匂いが、鼻先に蘇《よみがえ》る。

冬、もう枯れてしまったのでは、と折ってみると、まだ生きている花の茎の感触が指先に戻る。

僕が伝えてあげる

ミラノに住んでいると、市内ならたいていのところには公共交通機関で行ける。区画は小さく、地区内に商店も銀行も学校も揃っているので、日常生活では歩いて用が済む。

こぢんまりと暮らすうちに、日々の自分なりの決まりごとができ、繰り返しに慣れ、楽ではあるのだが、ある日ふと、噛み飽きたチューインガムのように感じるときが訪れる。

そういうわけで、山奥に引っ越すことにした。

ミラノから南西に三百キロほどの山地で、電車は通っていない。昔は、海に着いた荷を山を越えて運ぶための単線が通っていたが、高速道路ができて廃線となった。

車でミラノから海に向かって走ると、ジェノヴァに出る。そこから西に曲がってサヴォーナを越え、北に折れトリノへと続く道を進むうちに両側は山になる。背後に残してきた西部リグリアは通年日当たりが良く、暖かで、花のハウス栽培や山の斜面でのオリーブ栽培で知られている。リグリアの海岸沿いには何度か訪れたことがあったが、山のほうに入っていくのは初めてだった。

空まで抜けるような、澄み切った風景が広がる海沿いから山側へ入ると、とたんに照度が落ち、フロントガラスの中に見える風景がだんだん沈んでいくように見える。

本当は、海を正面にして住みたかった。ところがこれといった家に出合わなかったうえ、「海水浴と避寒で有名な土地柄、年がら年中、観光客にまみれて暮らすことになるよ」と、一帯を知る友人から不都合のあることを言われて、諦めたのだった。

山から下りていっても海岸までの距離はさしたるものではなく、車だとものの十数分だ。ところがこの〈ものの十数分〉という距離がどれほどの意味を持つのか、そこで暮らしてみるまではわからなかった。


そこには、その家しかなかった。

低い連峰に取り囲まれ、私が住むことになった家は、海から二つ目くらいの山腹にあった。偶然に新聞広告で見つけた物件で、家主とは縁もゆかりもなかったが、地理に不案内な私に転居してから役立つような情報や伝手《つて》を細々と教えてくれた。その助言がなかったら、さぞ苦労しただろう。別荘用に建てられた、低層の建物の中にある一戸であり、私以外は他に誰も常駐しておらず、何か尋ねようにも相手がいなかったからである。引っ越すなり、建物ごと管理を任されたようなものだった。

町でもなく村ですらない。隣近所のないところで暮らす、と言うと、ミラノの友人たちは私の向こう見ずに呆《あき》れながら、次の週末の訪問を異口同音に打診してきた。

世の中から忘れ去られたように山の中にぽつんと建つ家は、その佇《たたず》まいの通り、周囲のことを少し離れてぼんやり眺めているような家だった。長々と坂道を上っていったところにあり、深い緑で周囲との接触は絶たれているものの、テラスに出てみると、鬱蒼《うっそう》と繁る木々の間から下方遠くに光る海面が見えたり、左右に迫る連峰の斜面に点在する家が目に入ったりして、独りだけれど孤立はしていない気がした。

都会ですべて手の届く範囲で暮らしてきたあと、ほどほどの距離を置いて他の存在を感じるのは新鮮で、気楽だった。

自家用車に目一杯積んだ荷物を降ろしてしまえば、引っ越しはもうそれでおしまいだった。友人たちに報告を、と電話をかけようとしたが繋がらない。携帯電話が出たばかりで、携帯とは名ばかりの、アタッシェケースほどもある黒い箱の上に受話器がついた電話機だった。肩に提げてやっと動かせるか、というほどの重量があった。移動する先に専用電話番号が持ち運べる、という意味合いのもので、今のようにポケットに入れて持ち歩ける、というシロモノではなかった。持ち運びには、専用キャリーバッグや車が必要だったのである。

受話器を持ち上げても、発信音が聞こえない。家の周りには障害物もないので電波は問題なく届く、と安心していた。ところがここには、肝心の電波塔そのものがなかったのである。

イタリアから日本へ情報を送る仕事に携わっていて、通信手段は水道や電気と同様、私の生活の生命線だった。建ってからまだ日が浅いその家には、電話回線が引かれていなかった。

「サンレモまで行けば、携帯電話にも電波が入るかもしれませんね」

麓《ふもと》の町の電話局で問い合わせると、担当者は隣町の名を挙げ、のんびりと答えた。実物はパンフレットでしか見たことがない、と同僚たちも呼び、間近に携帯電話を見て珍しがった。

「モデム？」

電子メール経由でデータを送るには、コンピューターにモデムを繋ぎ信号音に変え、電話回線を介していた時代である。ミラノではそろそろ高速回線も出始めていたが、そこではまだモデムですら一般には出回っていない、と担当者は肩をすくめた。

電話で問い合わせるより出向いたほうが早い、と局員たちから勧められて、その足でサンレモの電話局まで行ってみることにした。

サンレモ局で長らく待ったのは、混んでいたからではない。銀行や病院ならともかく、山腹にある個人宅へ高速回線を引く、という前例がなく、どう対応していいのかがわからなかったからである。

ようやく現れた担当者は、

「お宅のあたりに電波塔が建つのは、いつになるかわかりません。高速回線のほうは麓の町まで引き終わってはいますが、そこから先の工事は今後数年がかりの計画らしいです」

と、すまなそうな顔をした。

電話回線を借りるために、毎度山から麓まで車で下りていくわけにはいかない。私は、サンレモの電話局で途方に暮れた。

実直そうなその職員は自分のことのように困った様子で、

「数日のうちに、お宅までお伺いいたします」

まずは現場を見てみる、という。

私は、サンレモ局の職員の来訪を待つあいだ、家主に紹介された麓の町の駅を訪ねてファックスを使わせてもらったり、新聞社の支局に事情を話して、編集部からデータを送らせてもらったりして、難を凌《しの》いだ。

何か起きたら即刻知らせる、というのが通信社の仕事である。ニュースは日持ちしない。仕入れにも売り込みにも、通信手段がなければ商売上がったりだ。山の家の住み心地がどれほど良くても、肝心の商売が干上がっては元も子も無い。

一日に何度も車で坂道を往復しながら、勇断、と自画自賛していた引っ越しを私は大いに悔やみ始めていた。


それほど日を空けずに、サンレモから件の職員が技術担当者と連れ立って訪ねてきた。

「お客さん、ツイていましたよ！」

挨拶もそこそこに、職員は少々得意気に言った。

私の家からさらに内陸の山中にある村が、近々再開発されることになったのだという。過疎化が進み、残っていた高齢の住民たちの移住も決まって、村を丸ごと外国資本家が買い上げたらしい。一帯には、ドイツやイギリス、北欧からの観光客が多く訪れる。山奥に人知れずひっそりと残る、中世さながらの佇まいが人気なのだ。村ごと売却する、というのは、歴史ある景観を温存するために自治体が考えた苦肉の策だった。

寂れる前から、もともと何もないところである。

「ゼロのところに最新を持ってくるほうが、簡単なのです」

技術担当者によれば、村ごと修復するために石畳の敷石を剝《は》がし、上下水道から電気、ガスをすべて新しく引き直すのだという。建物は古く、壁の厚さが一メートル以上もあるものが多い。取り壊したり穴を開けたりするのは難しいので、地下を掘って建物内に潜り込み、改修工事をするらしい。

村を買い上げた資本家は、どうせ掘り返すのなら、と全棟に最新設備を整えることに決めた。その開発計画のおかげで、予定よりも早く麓の町から山奥まで高速の電話回線が通ることになったのだ。

「中間地点にあるお宅への回線を引くのは、実にたやすいことです」

サンレモから来た二人は、自分のことのように喜んだ。

家主に電話回線のことを報告すると、

「せっかくだから、山頂に暮らす一家にも引いてもらうといい」

ぜひ朗報を知らせてくれるよう頼まれた。

このまだ上に住む人がいたなんて。

見上げると、そのまま後ろ向きにひっくり返ってしまいそうである。うちの先で二股に分かれて山頂へと続いているらしい道は、幅が狭く舗装されていない。車で上っていけば、途中で厳しい傾斜を前に、上ることも切り返すこともできなくなるかもしれない。しかたない。歩いていってみよう。

道の片側は、曲がり角ごとに縦に切り落としたような絶壁である。柵もない。暗闇で足を踏み外したら、下界まで真っ逆さまだろう。

最後は地べたを這うようにして、息を切らせて私は上っていった。


三角錐《すい》の先を切り取ったように、てっぺんが平らになった山頂にその家はあった。それほど高い山ではないのに、雲海を足元に従えるような気分だ。

二階建ての家の前には庭があり、三輪車や子供用の樹脂製の赤い車が見える。

簡単に乗り越えられそうな低い鉄柵の門は、ミント色のペンキが剝げてあちこちが錆《さ》びている。呼び鈴を探していると、奥から二匹の犬が走り出てきて、さかんに吠え立てた。一匹は雑種なのだろう。外股に曲がった前脚は短く、耳を立てて茶と白の斑《まだら》模様の顔を引きつらせるように吠えている。もう一匹は、子牛と見紛《みまが》うような真っ黒の犬で、毛並みには艶《つや》があり、長い筋肉質の足で鉄柵の前を何度も縫うように行ったり来たりしている。ときどき低く嗄れた声で吠えるのが、地響きのようで恐ろしい。

「いい加減にしなさい！」

家から恰幅《かっぷく》のよい女性が出てきて、しょうがないわねえ、というふうに両手を広げ、詫びる身振りをした。

遠目には、てっきり四十過ぎかと思った。ところが近くで見ると頬は薄桃色に上気し、長く伸ばした焦げ茶色の髪の毛はしなやかで、よく動く目が愛くるしい。思わず、親御さんにお目にかかりたい、と告げると、

「私が、この家の主です」

ぷっくりした頬に深いえくぼを作って、彼女は笑った。

「そうですよね。ほんとなら私、まだ高校生だもの」

犬をたしなめ、家に入り、アリーチェは私に椅子を勧めながら言った。

十九歳。

なるほどレイヤーカットの髪形は大人びているけれど、彼女の幼い面立ちとは釣り合いが取れず、アリーチェの背伸びが感じられていじらしい。入る服がないのだろう。胸も腹回りもはち切れそうに太っていて、男物らしいトレーナーを着ている。長過ぎる袖を肘までたくし上げているが、だぶついた分が手首までかかっている。裾は太腿まで届き、その下からレギンスを穿《は》いた足が見えている。素足の足首は、乳飲み子のように丸まるとふくよかだ。

さっそく電話回線のことを教えると、彼女はつぶらな瞳をまん丸に見開いて喜んだ。

「私の夫は長距離トラックの運転手なんです。もう、いつも心配で心配で」

私の夫、とアリーチェは畏《かしこ》まって言った。肩書きを紹介するように仰々しく、しかしそれがまた誇りに満ちていて愛らしい。

夫は、トラックに無線を搭載している。それでも山頂まで、なかなか電波は届かない。どうしても家へ連絡をしたいときは、電話を引いているご近所の家へ電話をかけ、そのご近所が山頂まで伝えに来てくれるのだという。

伝書鳩でもいればいいのに、と旧時代ぶりをからかうと、

「本気で考えたこともあります」

アリーチェは照れくさそうにした。

「海側に広く開いた窓だけが自慢」と、彼女が笑う家でコーヒーを飲みながら、あれこれ雑談した。十九歳といえば、まだ遊びたい盛りだろうに。三角錐のてっぺんで暮らしていて、退屈ではないのか。室内には本棚がない。テレビもない。

「一局だけは映るのだけど、それも雑音や横線が入って見難《みにく》いし、置いていないの」

居間の窓際の一角は、台所になっている。壁にも天井からも、鍋や調理道具が吊るしてある。

「料理が好きで」

だからこうなっちゃう、と福々しい頬を両手で包んでみせる。

そのうち午後三時を過ぎた。頻繁にアリーチェが壁の時計に目をやるので、私が暇乞《いとまご》いをすると、

「もしよかったら、いっしょに来ませんか」

と誘われた。

玄関前で待っていると、アリーチェが長靴に履き替えて出てきた。

「これから息子を迎えに行くもので」

一瞬、誰の息子なのかと訊きかけて、庭の三輪車や赤い小さな車がまた目に入った。他所の子を預かっているのではなかった。彼女は、三歳児の母親なのだった。

私はすっかり度肝を抜かれ、急いで逆算し、アリーチェが母親になった年齢を思い、あらためて驚いた。

アリーチェは、そういう好奇の目に慣れているのだろう。私が訊きたがるだろうあれこれを、歩きながら手短に、順を追って説明した。

夫とは小学校からの幼馴染みだったこと。彼は近くの山に住み、山から山へ互いの家を往き来するうちに、中学校を卒業し、高校は途中からどうでもよくなってしまったこと。どうしようか、と思っているうちに、もう臨月だったこと。

「息子は夫に似て、ものすごく可愛いのよ」

アリーチェの曾祖父母が住んでいたこの家で、子供のような二人は生まれたての子と暮らすようになった。

両家の親たちは何と言ったのか、こんな不便な家で赤ん坊を一人で育てるのは大変だろう、と尋ねたいことが次々と喉元まで出かかったが、初対面である。人生もいろいろ、と曖昧に相《あい》槌《づち》を打ちながら、私はアリーチェと歩いた。

家の裏へ回ると、離れ家が見えた。

ずいぶんお粗末な造りで、木造と言えば聞こえはいいが、流木や廃材を集めてきて継ぎ合わせたような外観だった。屋根には、かろうじてトタン板が張ってある。

「いい子にしていた？」

アリーチェが離れ家の扉を開けると、ヒヒーンと勢いのいい嘶《いなな》きが返ってきた。

立派な馬がいた。私には馬種の見分けはつかないが、大切に手入れされているのが一目でわかる、艶やかな毛並みをしている。

けっして広くはない厩《うまや》だったが、掃除が行き届いて、藁《わら》の匂いが清々しい。

アリーチェは慣れたふうに最低限の馬具を着けたかと思うと、案外身軽に馬の背に乗った。

彼女が跨がると、馬は地均《じなら》しをするようにカチャカチャと脚を踏みならし、ヒヒン、ブルブルと鼻を鳴らして合図を待った。

すぐ隣の山にある保育園へ行くのに、いちいち麓まで下りていき、またそこから山へ上っていくのは大変だ。車がないアリーチェには、時間もかかる。ところが馬なら、山から山へと渡る通り道があるのだという。

「馬のおかげで授かったような子だから、だいじょうぶ」

子連れの帰路を心配する私に、幼子を抱えて相乗りして帰るのだ、と彼女は胸を張った。

高速道路の前は単線鉄道、その前は馬で行ったのだ。曾祖父母たちの時代から何を差し置いても、馬を飼ってきた。岩だらけでも、ぬかるんでいても、深い繁みでも、馬なら荷を担いで越えていく。

幼い頃からアリーチェは麓まで下りていっては苦手な勉強に閉口し、上って帰ってきても、農作業に出ている親たちの不在に寂しい思いをした。

山の中で、いつも一人。

任された馬の世話を繰り返すうちに、親とよりも馬と過ごす時間のほうが多くなった。

「高校に入ったばかりの頃だったかしら。この子がね、〈そろそろ行こうか?〉と、言ったのよ」

その日の午後、馬はペガサスとなってアリーチェを乗せ、山から山へ、道なき道を越えて、彼の家までひとっ飛びに連れていった。

人知れない午後の逢瀬《おうせ》は、朝からの遠出へと変わり、そのうち連日の無断欠席が親に知れ、アリーチェは麓に住む親戚の家に預けられてしまった。

隣り合う山にいるのに、会えないなんて。

毎日アリーチェはこちらの麓からあちらの山腹を見上げては、彼の家の屋根が見えないか目を凝らした。

麓に預けられてから、五、六日経った頃だったか。

午後一番、数台の消防車がサイレンを鳴り響かせながら、猛スピードで走っていく。パトカーもそれに続く。ヘリコプターまでが出動した。ただごとではない気配である。皆が不安そうに上を見上げていると、学校に陸軍のジープがやってきて、アリーチェが呼び出された。

「同行してもらいたい」

厳しい顔つきで、迷彩服にヘルメット姿の男が命じた。

「高速道路を全速力で走っているらしいのですよ、お宅の馬が」

その朝、あまりに馬が嘶いて騒がしいので曾祖母が様子を見にいくと、前脚を高く上げて暴れ、威嚇し、なだめようと手綱を取ったとたん曾祖母を振り切って、厩から飛び出し、目にも留まらぬ速さで山を駆け下りていったのだという。

てっぺんから麓へと下りていく途中を、高速道路が横切っている。馬はそこから入ったらしい。

夏でなくてよかった。休暇の時期から外れていてよかった。貨物トラックが頻繁に往来する時間帯からもずれている。すでに高速道路は閉鎖した、という。

先回りして、がらんとした高速道路の真ん中に立ちはだかり、アリーチェは走りに走る馬を待った。

爆走していた馬はアリーチェの姿を見つけると、ぴたりと止まった。

「口を大きく開けて、笑ったのよ」

当局から大人たちがどれだけ叱責と懲罰を受けたのか、未成年者だったアリーチェは詳しくは知らない。

ただそれ以来、

「もう下りてこなくてもいい」

と、親も親戚も学校もアリーチェに言った。

電話や車では伝達できないものが、山にはある。

月の光

今日はひと際、人出が多いようだ。九月に入り、国際映画祭も終わって、ヴェネツィアの夏季の観光シーズンも一段落しただろう、と高をくくっていた。

からりと晴れた空に初秋の風が心地いい昼下がりで、しばらくぶりにサンマルコ広場までぶらぶら歩いてみようと思い、手前のザッカリアの停留所で定期巡回船を降りたが、あまりの混雑で思うように歩けない。通行人の大半は、中国とロシアからの観光客である。どの人も仰々しい一眼レフカメラを首から提げ、興奮した様子で声高に叫びながらあちこちを指差し、目につくものを片端から写している。

岸壁沿いの通りは結構な幅があるのに、カーニバル用の仮面や帽子、スカーフやTシャツを売る露店が並び、ゴンドラの客引きが呼び声を上げ、その間を中世の衣装をまとって記念撮影を売り込む人たちが歩き、路面が見えないほどの混みようである。

ようやく〈ため息橋〉のたもとに着いたものの、大勢が橋の途中で立ち止まって運河の上にかかる空中通路を撮影しようとするので、いっこうに前へ進めない。行く人、戻る人が橋の上で交差していよいよ満員電車並みの混雑になり、人熱《ひといき》れで蒸して煩わしい。苛ついてむやみに人の背を押す人も出て、剣呑《けんのん》な気配が流れている。

サンマルコ広場を抜けリアルト橋へ向かう途中にある店で働く友人を訪ねるつもりだ。空いているときなら十分も歩けば着く距離だが、今日は橋を渡るだけでそのくらいかかりそうである。

交通渋滞が恒常的なミラノやローマで車に乗ると、到着時間が読めずに苦労する。ヴェネツィアも同様で、観光客たちに巻き込まれて足止めを食うと、いつ着けるのか見通しが立たない。ヴェネツィアで暮らす人たちは、船は使わず徒歩でサンマルコ広場を避けて移動する。路地は入り組んで迷路のようだが、住んでみるとごく小さな町で、毎日歩くうちに鼻が利くようになる。町で生まれ育った老人ですら路地を知り尽くすのは難しいというけれど、それでも壁の染みや曲がり角の水苔《みずごけ》、日の差してくる方角、頭上に咲く花、レストランの調理場から流れてくる炒め物の匂いなどを覚え、勘に導かれて、方角や近道を探り当てて歩けるようになる。

両側から壁が迫りくるような、ごく細い路地だった。

約束に遅れまい、と裏道を急ぐときに気になりながらも、その路地は横目に見るだけで、いつも入らずに通り過ぎていた。極端に幅が狭いため、果たしてそれが抜け道なのか、建物の間の単なる隙間なのかよくわからず、入っていくのが躊躇《ためら》われたからである。

その路地を抜けた先は、日向らしい。白く小さく長方形に光る出口は、別の世界への入り口のようにも見えるのだった。

ある日、取り立ててこれといった用件もなく、ただぶらぶらと裏通りを歩いていてふと、その路地に入ってみようと思いついた。知る人ぞ知る抜け道かもしれない。もしそうなら、次に急ぐとき、きっと役に立つ。そう思いながら通りから路地に入ったとたん、首筋がぞくりとした。良い天気だというのに、暗い路面はたった今、霧吹きをかけたように濡れている。両側の壁に肩を触れそうになりながら、そろそろと行く。ドブのようなカビのような、湿った臭いが漂っている。堪え難いほどの悪臭ではないが、淀んだ空気は、その隙間に長らく封じ込められたままになった、町の吐息のようだ。歩くうちに壁に挟まれてしまうような錯覚を覚え、歩を速めたとき、白く光る出口に人影が見えた。

女性のようだ。ほっそりしたなで肩に、ロング丈の薄い上着を羽織っているらしい。路地を吹き抜ける風に上着がなびいて、白い出口が透けて見える。

出口まであと少しというところまで私が急ぎ足で来ると、

「ごゆっくり」

澄んだソプラノ歌手のような声で、その女性は言った。

私が出口に着くのと入れ替わりに、路地を抜けようと待っているのだ。

穴蔵のような路地から屋外に出ると眩《まぶ》しく、周囲は白々としている。

顔半分を覆うほど大きなフレームのグラデーション・サングラスで、女性の細面がさらに小さく見える。

「こちらにお住まいなのでしょう？　前にも一度、お見かけしたことがあるわ」

その人はサングラスを上げ、悪戯っぽく目をクルクル動かして親しげに話しかけてきた。日のよく当たるところへ、と手招きされ、そこからリアルト橋までの道順をわかりやすく教えてくれたのだった。

その日を機に、ヴェネツィアの東端の地区に住むサーラとは、町のあちこちで頻繁に出くわした。観光客で賑わうのは、中央のサンマルコ広場からリアルト橋にかけての地区に限られている。地元の人たちが贔屓《ひいき》にする店や道は裏通りや島の端のほうにあり、元々小さな町をさらに凝縮するように暮らしている。ヴェネツィアでの仕事は限られているうえ、物価が高く、ここに暮らし続ける人たちは年々少なくなっている。

店が閉まってしまうと、町に残る人たちは限られて、顔見知りが多くなる。サーラとは以前もすれ違っていたのだろうが、互いに顔見知りとなって、頻繁に遇《あ》うように感じるのだった。

いつ会ってもサーラは、今からパーティーに出かけるかのような優雅な装いである。靴から帽子、指先に胸元と、身繕いに手抜かりがない。晩春に突然、汗ばむような陽気になった日には、イカット柄のタイトロングスカートに黒のタンクトップを合わせ、薄い麻のショールを巻いている。タンクトップの裾を固結びにしてたくし上げ、そこから贅肉のない腹部がちらりと見えている。ロングスカートに見えたのはインドネシア製のパレオで、サーラが歩くたびに合わせ目が大きく割れて、素足が見えるのだった。

髪形も一つにまとめてジェルできっちりと固めたり、バレッタでゆるく押さえて後れ毛を二つまみ垂らしたかと思うと、何もせずにそのまま癖のない長い髪を下ろし、肩に流したりしていた。

顔の造作はそれほど目立たないのに、常に文句のつけようがないお洒落ぶりから、自分をよりよく見せたいという思いが伝わり、艶っぽい。ひとつ間違えると、人の目を気にして媚《こび》を売るように映るものだが、サーラは気を抜くのが自分に対して我慢ならないのだろう。道で会うと、彼女の視線はこちらの目ではなく、私の背後のショーウインドウに向けられている。ガラスに反射する自分を、姿見で点検するように、頭からつま先まで繰り返し見ているのだ。

総じてヴェネツィアの人たちは、身なりに気を遣うようだ。この町のことをよく知らないうちは、店頭の商品は世界中からの観光客の目を引くために、色も柄もデザインもあえて華々しいものを選んであるのだと思っていた。ところが、くどいまでの仰々しさを好むのは他でもなくヴェネツィアっ子たちなのだ、と知った。

ここは〝ハレ〟ばかりの町であり、〝ケ〟は存在しない。

「ここから近いのよ。一度、私の勤め先まで遊びに来ない？」

リアルト橋まで歩いて五、六分という地点で会ったとき、サーラに誘われた。ブティックなのだという。

サンマルコ広場とリアルト橋の二点間を往き来する観光客の群れに混じって、私たちは店ま

で連れ立って歩いた。大柄なロシアやアメリカの観光客たちに埋もれるようにして歩いていると、

「サーラ！」

「今晩いつもの店に行くから、どう？」

「今日のブラウスもよく似合っているねえ」

「いい色に焼けてるな」

次々と道の両側から声がかかる。

男の店主たちがそれぞれの店の入り口に立って、目ざとく姿を見つけて挨拶をするのである。混雑の中、サーラは降り掛かる挨拶を聞き逃さずに、片端から掛け声を掬《すく》い上げては答えていく。私が彼女と路地で会ったときのように、高く澄んだ声で返すと皆、満足気に店の奥へと戻っていくのだった。彼女の出勤時に繰り返される、日課のようなものなのだろう。

サーラは町の人気者だった。特に男性たちに。

気をつけていないと、見過ごしてしまうような店だった。入り口のドアをぐるりと囲むように、地面から軒下までガラス張りになっている。それで辛うじて店内の様子がわかる。

ブティックといっても、幅三メートル奥行き六、七メートルほどと小さく、レジの横にガラスのショーケースが一つ置いてあるだけで、残りの商品は両側の壁にびっしりと張り付けてある。シャツ専門店。張り付けたシャツの下には、壁をくり抜いてはめ込んだ引き出しがあり、

色違いやサイズ違いが収納されている。どれもきちんとプレスされて畳んである。図書館の整理カードを連想する。

その狭い店内に、サーラを含めて三人も女店員が働いている。サーラ以外の二人は、男と見紛うようながっしりした体軀《たいく》にごま塩の断髪で、サーラとは真反対の、粗い印象の中年女性である。

店の前を観光客が途切れることなく歩いていく。水嵩の増した河川を見るようだ。

店内は、三人の店員の他に客が二人も入るともう一杯、というところ。これだけ人の流れがある場所なのだ。もう少々広ければ、客の入りも相当なものになっていただろう。

サーラは私を店の入り口に立たせると、自分は店外に出て立ち、そのまま雑談をした。

店の奥の壁全面に鏡が張ってあり、サーラは表に立ち私のほうを向いてはいるものの、実はその鏡に映る自分の姿を見ているのだ、としばらくしてから気がついた。

女性客が来ると他の二人が応対してサーラは店の外で休憩し、男性客が一人でふらりと入ってくると、サーラが接客した。あとの二人は奥で空のハンガーの整理をしたり、伝票をまとめたりしている。

「今度は少し色味を変えてみたらいかがでしょう」

サーラは、その客が前回選んだシャツを覚えている。季節が変わったのだから、と旬の色や襟幅の違うものを勧めながら、差し色に個性的な色合いのポケットチーフやネクタイも並べて見せる。その間合いは絶妙で、決して押し付けず、しかし念の入った気配りぶりだった。そこまで自分のことを考えてくれるのか、と客は喜ぶ。

その男性客は、店の贔屓なのか、サーラに会うのが目当てなのか。

狭い店内で二人は寄り添って壁に張られたシャツを見上げながら、あれこれ話をしている。傍目《はため》には、夫婦か恋人同士のように見える。

「やはり見る目がおありになるわ！」

長い時間をかけて品選びを済ませた男に向かって、サーラは賞讃の声を上げている。その脇で残り二人の店員が、手早く品を包んでいる。

夏のシャツを一枚買うつもりで店にやってきた客は、定番のシャツ三枚にドレスシャツを二枚、ポケットチーフと揃いの靴下を二組抱えて、満ち足りた顔で出ていく。

手狭な店に多過ぎると思えた三人の店員は、異なる持ち分で忙しく、店はフル回転である。

サーラの接客術は、生まれながらの才覚らしい。甘く優しく丁寧で、しかしくどくなく、切れ味がよい。品のよい香水、といったところである。

狭い店なので、冷やかし半分には入りづらい。ショーウインドウで見て気に入っても、試着してみると納得のいかないこともあるものだ。そういう場合でもサーラにかかれば、似合わなかったはずのシャツばかりか、自分では決して選ばなかっただろう色やデザインのシャツ、その色違い、合うアクセサリーなど、次々と買ってしまうのである。

両手に紙袋を提げて出てくる客たちを見て、周囲の男の店主たちは、サーラに〈すごいねえ〉と目で賛辞を送っている。

閉店間際にサーラを迎えに行った。帰路、馴染みのバカロで軽くワインでも、という約束だった。ところが店には、いかつい店員二人がいるだけだった。サーラは早退した、という。

以前サーラに連れられて家を訪れたとき、彼女が鍵を差し込むや否や、ドアの向こうで泣き声が上がるのが聞こえた。

「私の可愛いルーナ、すぐにママがだっこしてあげるから」

赤ん坊がむずかる声を耳にして、彼女に子供がいたことに私はまず仰天し、しかもそんな幼子に留守番させるなんて、と重ねて驚いた。

サーラがドアを開けると目にも留まらぬ速さですり寄ってきたのは、赤ん坊ではなく猫だった。

「あの猫が、前夜から行方不明なのよ」

同僚二人は顔を曇らせた。

サーラは、父方も母方もヴェネツィア出身の生粋の地元っ子である。二十代前半で両親と死に別れて、兄と二人でヴェネツィアに暮らし続けてきた。五代遡《さかのぼ》ってもヴェネツィア、という家である。サーラと同様の系譜を持つ住民たちもいて、糸をたぐり寄せていくとどこかで血は繫がっているかもしれない。いまや町に残った住人は少なく、よって残った人たちの関係はいっそう濃い。

煮詰めたような人間関係の中、若くして親を失ったサーラは、近隣の人たちから助けられてきた。魅力的な若い女性に、世間は親切である。より贔屓してもらえるよう、サーラはお洒落に熱心になったのかもしれない。


ヴェネツィアはもはや観光だけが主産業となり、町での職の選択肢は多様ではない。土産物の販売、外食、ホテルに運搬というところか。芸術も工芸も、売れなければ単なる趣味である。たいていの店舗は、先祖から子孫に相続されている。しかし店を回すための肝心の家業には後継者がなく、不動産だけが残り、賃貸収入を生業に変えた地元住民は多い。

座っていれば、それで済む。

下手に新しい事業に手を出して失敗しようものなら、安泰の保証まで失うかもしれないのだ。

座って、時の流れるのをじっと待つ。

足元に漂着するものだけを相手にすればいい。着いても、どうせまたどこかへ流れていってしまうのだから。

淀んだ倦怠感が、そこかしこに漂っている。

ヴェネツィアは退屈している。住民も諦めに慣れている。非現実的な情景は、住民にとっては日常である。そこから突然外界に出ると白々と眩しく、いったいどれが幻想で何が現実なのか、わからなくなる。

両親を見送ったあと、学業を終え、サーラは兄とも別れて船に乗った。遠洋を回る豪華客船が、乗組員を募集していたのだ。皆が皆のことを知るじめついた町に居残るより、船に乗って世界の港を回るほうが気楽なように思えた。

「世俗から離れて、波に揺られ、いつもと違う毎日を繰り返し、でも船という限られた空間で暮らす顔ぶれは変わらない。外界に飛び出していくようで、結局ヴェネツィアとそっくりでしょう?」

サーラの仕事は、長い航海のあいだに催される余興を企画し、運営することだった。

〈海と陸は、それぞれ別の世界であることを忘れるな〉

先輩からの忠告の真意がわかったのは、船上で知り合い、恋に落ちて結婚した夫と陸で暮らすようになってからだった。

夫は、航海を記録するカメラマンである。頼まれれば、乗船客たちの記念写真も撮影する。港から港への移動は、長くて単調だ。移動はたいてい夜なのだが、それでも延々と続く海原と空にたちまち飽きてしまう。サーラは乗船客たちをよく観察して、それぞれに見合うハプニングを考え、密かにカメラマンを手配して、忘れられない一瞬を撮らせたりした。

サーラには、非日常の時空を創る才能があった。ハレの町、ヴェネツィアに生まれ育った者が持つ、天賦の才なのかもしれない。

業務のときは、濃紺のパンタロンスーツに純白のシャツという制服姿のサーラが、航海最後の夜のパーティーには船長に手を引かれて、深紅のイブニングドレスに仮面姿で現れる。オーケストラまでが全員起立して、幻想的な舞踏会が始まるのだった。

乗船客の陶酔も、退屈も、口論も、陸に降りた途端に霧散する。海の上で起きたことは、陸で繰り返されることはない。

船上であれほど阿吽《あうん》の呼吸だったのに、陸に上がった二人の息は、いちいち合わない。朝、サーラが隙のない身支度をしていると、

「舞踏会に行くわけでもあるまいし」

夫は、ふくれっ面をする。

船を降りて結婚してしばらくの間、二人はヴェネツィアで暮らしたが、一ヶ月もしないうちに夫は生まれ故郷のウディネへ戻る、と言い出した。二人揃って歩いていると、四方八方からサーラに声がかかる。たいていが男で、彼にはそれが我慢ならなかったのだ。

奥までじめついたこの町でカラリと暮らす術は、ここで生まれて育った者にしかわからない。

「海あってのヴェネツィアで、船乗りあっての港でしょう。発つ人と待つ人からなる町で、色艶のあるやりとりや過剰なまでの華やかさは、生きていくための潤滑油のようなものなのよ」

訪ねていくと、サーラは台所へ案内し、悲愴な顔で調理台横の窓に目をやった。

「風を通して湿気を抜くために、あの窓はいつも少しだけ開けたままにしてあるの」

猫もそこから出入りし、彼女の帰宅に合わせるように戻ってくる。

ところが二日前に店から戻ると、猫がいない。待ち続けて、夜が明けた。朝を待ち、ルーナ、ルーナ、と呼びかけながら路地という路地を回った。

運河に落ちたのだろうか。車の通らない町で、他にどんな事故に遭うだろう。

「カモメに食われたのかも、とさえ思って」

サーラは、腫《は》れた目を潤ませている。猫がいなくなってこの二日間、ほとんど眠っていないらしい。


新婚早々、ウディネに戻ると言い出した夫に、サーラはやむなく従った。姑《しゅうとめ》との同居は気が重かったが、嫌がる夫を無理矢理ヴェネツィアに引き止めるより、自分がウディネに行ったほうが面倒でないように思えた。

ウディネに戻ったものの、簡単に仕事は見つからない。雄大な海原や刺激的な異国の風景に慣れたあと、北の外れの町に夫の心を動かすような被写体など、もうなかった。

元教師だった姑は、一度もウディネから出たことがない。そもそも自分の町の外のことに興味がない。それなのに、長らく家を空けた息子が、他所の女性を連れて戻ってきた。そしてこの嫁は、家と周辺を歩くだけだというのに、いつも不要に絢爛《けんらん》である。

「あれが、ヴェネツィアということなのね」

ある日サーラは、姑が息子に自分のことを愚痴るのを耳にした。

動かない大地に暮らす者には、潮に浮き沈みしながら生きてきたヴェネツィア人の気持ちはわからない。

町の外に息子を二度と出したくない、という姑に夫を任せて、サーラは一人でヴェネツィアに戻った。仕事もせず、家で厭《いと》われ、ウディネで乾涸びそうになっているのを知った友人たちが、彼女に働き口を見つけてくれたからだった。


ウディネでの暮らしに閉口して、サーラは猫を飼っていた。黒い猫。明るい茶色の目が光ると、ヴェネツィアの漆黒の運河に映る満月のようで、一目で気に入ったのだ。

猫はサーラにだけなついて、夫や姑には近づこうともしなかった。

「あなたがヴェネツィアから連れてきた影みたい」

黒猫が居間を横切るたびに、縁起が悪い、と姑はあからさまに嫌がり、サーラが猫を連れてヴェネツィアへ働きに行く、と知ると、おおっぴらに喜んだ。

それなのに、猫はいなくなった。

いつもそばにいた猫が消えて、サーラは自分を見失った。

「ダストボックスの中は見てみたの？　そのへんで死んで、誰かがゴミ箱に捨てたかもしれないだろ」

捜し疲れて深夜、半泣きでウディネに電話をすると、夫はこともなげに言った。影ばかりの不穏な町から早くウディネへ戻ってこい、とでも言いたげだった。

船上で二人で気持ちを合わせ、乗船客たちの幸せな瞬間を創っていた毎日はどこへ行ったのだろう。溢れる光に目が眩《くら》み、夫の輪郭しか見えていなかったのかもしれない。

サーラの目が腫れていたのは、いなくなった猫のせいだけではなかった。

サーラと私は、ルーナを捜しに夜の路地を歩いた。

狭い路地は、黒々と濡れている。

運河に映る月のように、猫の目も闇に光って、見えなかった何かを照らし出すのか。

猫はウディネでサーラの影となり、ヴェネツィアまで彼女に従って戻ったとたんに姿を消し、代わりに夫の暗部を引きずり出した。

ウディネにはもう戻らない、とサーラが決めて間もなく、猫は戻ってきた。

何ごともなかったように目を満月みたいに丸く見開き、黒い毛を光らせて、路地の向こうでしっとりと高い声で啼いていた。

憑かれて

ごった返すコンコースをやっとのことで通り抜けて、ローカル線に乗り換えた。こぢんまりとした車両に乗り込んだとたん、本線に間断なく乗り入れてくる最新型電車とは違った、のんびりとした雰囲気にほっとする。

車内に観光客の姿はほとんどなく、下校途中の中高生やスーパーマーケットの袋を持った幼子連れの母親などが、ちらほらといるだけだ。

京都。

「どうしても三日間しか取れないの。何とか日程内で、真髄を見たいのだけれど」

突然の電話で、イレーネから難題をふっかけられた。

ミラノに住む彼女は、欧州ではよく名の知れた、七十歳に近いノンフィクション作家である。ごく若い頃に東方に関心を持ち、中近東、インドを経て、アジアに行き着いた。以来四十年余りにわたり、中国を中心に、歴史から現代の政治経済、文化まで広い範囲で取材を重ね、何冊もの本にまとめている。

その博識ぶりは、アジアだけに留まらない。英語、フランス語、スペイン語、ドイツ語、ロシア語、中国語に、ラテン語と古代ギリシャ語、さらにはヘブライ語にまで通じていて、各国語で自在に文献を読み下し、各地の人々と直《じか》に論を交わす。たいてい専門家というのは、限られた地域や特化した時代についてのみ緻密な知識を持つものだが、彼女は違った。時代も国境も関係ない。至近で視《み》て熱心に論じていたかと思うと、冷たく突き放し淡々と概論を説いてみせるのだった。

さまざまな色の経糸《たていと》と緯糸《よこいと》を丹念に紡いでいくようなその論旨の展開ぶりは、まさに東方各地に興った手の込んだ伝統職技そのものだ。彼女の書いたものを読むたびに、絨毯やモザイク、寄せ木細工を連想する。


イレーネは大学には進学せず、高校卒業後すぐに中国に渡った。
四、五十年前のイタリアにとって、中国はまだ遠い異国だった。第二次世界大戦後、イタリアが未来の拠り所にしようとしたのは東方ではなく、アメリカだったからである。
原色に輝くような、アメリカの消費主義に憧れる人は多かった。昨日の敵国は、明日の希望。戦争に敗れて、国も人も過去の重責と貧しい現実に疲弊していた。新しいものに満ちた、豊かな生活を夢見たのである。

すべてが崩れ去ってしまった中、彼女が中国に憧れたのは、西洋世界にはない、普遍を手に入れたかったからだった。中近東やインドについて見聞きしたが納得がいかず、さらに東に行けば探しているものが見つかるかもしれない、と思ったのだ。

中国へ渡り、観念も慣習も価値観も異なる世界で悠々とした時間に包まれて暮らすうちに、彼女は自分の時の流れまで中国に委ねてしまった。

いったん狂った時計は、なかなか元通りには動かない。

イタリアにいたときには、教会や保守主義、資産家たちの暮らしぶりなど、反発する対象があった。反体制側にいれば、自分が生きている証《あかし》を示している実感が持てた。

ところが中国にはただもう大勢の人々がいるだけで、しかもおしなべて素朴で貧しく沈黙していて、刃向かっていく先が見つからない。宗教や思想や法に括られない大衆は平和なようで、実は捉えどころが無く余計にややこしい相手なのだ、とイレーネは知った。

立ち向かう対象を失い、彼女は自分も見失った。

金髪に青い大きな目をしたイレーネが町を歩くと、人混みは二手に分かれて彼女を取り囲み、珍獣にでも出会ったかのようにジロジロと見た。当時の中国で西洋の若い女性は珍しく、しかも中国語まで話すので、どこへ行っても人々は驚愕《きようがく》し、遠巻きにした。

母国では、理論を振りかざして大勢に一人で挑みかかっていくようなこともしたが、恐ろしいと思ったことはなかった。

〈誰かが必ず支援してくれる〉

後ろ盾を確信し、あえて尖《とが》った態度で恰好をつけていたようなところもあった。

大勢の中の一人にだけはなるまい、とそれまで肩肘を張ってきた。ところが中国に来てからは、つまはじきにされずに人混みに紛れていたい、と願う自分に気づいて、イレーネは愕然とした。

懸命に創りあげてきた個性は、ここでは邪魔になる。

自我を消し、それでも生き延びていけるなんて。

中国での数年間は、イレーネをすっかり変えてしまった。

相手を見つけては論破し意気揚々としていたのに、今では黙して語らない。

刺繍の施された絹の提げ袋に箸《はし》を常備し、パスタやチーズは口にせず、白米を炊いては醬油をかけて頰張った。元々、着飾ったりするようなタイプではなかったが、中国滞在以降のイレーネはダブダブの人民服の上下に、髪は散切《ざんぎ》り。ヘナで真っ黒に染め、元の美しい金髪は見る影もない。黒々とへの字に描かれた眉は、彼女の顔を滑稽な風刺似顔絵のように見せた。

周囲は戸惑った。

最初のうちは、わざと芝居がかった恰好をして自分の中国通を見せびらかしているのだろう、と皆は思っていた。

一年経ち、二年が過ぎて、彼女はチャウチャウ犬と同居するようになっていた。

私がミラノで知り合った頃には、彼女はすでにノンフィクション作家として不動の地位を築いており、中国から戻ったばかりの頃のような奇天烈な印象はもうなかった。ただ、相変わらず装いはどこか中華ふうで、例えば素っ気ない絹のブラウスに翡翠《ひすい》を数珠《じゅず》繫ぎにしたネックレスを垂らし、黒いカンフーシューズを履いたりしていたけれど。

彼女の家のソファの足元には赤茶色のチャウチャウ犬が大きく寝そべり、窓際に掛かる竹製の籠の中で小鳥が高い声でさえずっていた。

彼女には、同居する家族がいない。結婚もしたし、東西取り混ぜていくつかの恋愛もあったようだ。ごく若い頃に産んだ子もいると聞いた。

「惚れ込むのに、もう性別は関係ないわね」

ようやくプラトンにたどり着いたのよ、と笑うところをみると、それほどさみしい毎日でもないらしい。

西洋人のままでいるのか中国人化するのか、個を主張するのか全体に紛れるのか、自分の居所を見失い焦燥していた時期を経て、悠然とした様子だった。

そのイレーネが、アジア諸国を回る取材で日本にも寄りたい、と連絡をくれたのだ。

「年を取るにつれて、原点に戻りたくなって。若い頃に憧れた東方の魂を、老いた目で見直してみるつもり」


ローカル線に乗り換えて数駅目で、私たちは下車した。

改築済みの駅舎や舗装されたばかりの駅前通りを見て、イレーネはひどく落胆したようだった。改札を出ても、黙っている。

文献には書かれていないことを経験したい、と彼女に言われて、これから行く先の説明をあえていなかった。私も何も言わず、少し前を歩き始めた。

駅前の道を渡るとすぐそこがもう、目的地なのだった。広々した駐車場を過ぎると、前方に巨大な鳥居が見えた。高く抜けた秋空に、鮮やかに朱色が浮かび上がっている。何度も日本を訪れたことがあるイレーネは、鳥居の一本くらいでは顔色一つ変えない。その場で立ち止まると、今さらこれを？　と、咎《とが》めるような目で私を見た。

本命はこれからなのだ。

射るような目には何も答えず、私はそのまま先へ行く。


わぁ。

背後でイレーネが、ことばにならない声を上げている。

目の前に、鳥居が立っている。ただごとではない数である。一本目のあとにすぐ二本目が、その後ろにも次々と立錐《りっすい》の余地なく並び立ち、朱色のトンネルを作っている。

鳥居のトンネルは、二つの入り口が並んで開いている。入り口から奥を見るが、前方が緩やかに曲がっていて、どこまで続いているのかわからない。平日の午後で、尋ねようにも付近には誰もいない。

入り口で鳥居はあれほど華やかに見えたのに、黒みがかった木々の中では無数の朱が異様なまでに浮き立って、現実離れした光景だ。

朱色の穴を入っていくと、異次元の世界に連れ込まれるような気がして少し恐ろしく、躊《ちゅう》躇《ちょ》したけれど、結局イレーネと私は二つの入り口から、それぞれ別々に入ってみることにした。

まだ日は高いのに、中に入ると日差しが鳥居で遮断されて薄暗い。足元の日陰は、朱に染まった黒色をしている。

どの鳥居も真新しく、暗がりに映えて美しい。前方には神山があり、鳥居の山側に寄贈者の名前や日付が記されている。黒々とした達筆から、寄贈した人の祈願がこちらの心にも沁み入る。


少し離れたところから、ザッザと音がする。イレーネの足音。

二つ並んだ鳥居道の行き先がそのうち大きく分かれ、もしも離れた二地点に出てしまうようなら大社の入り口で落ち合おう、と決めておいた。しかし日が翳《かげ》る頃、この朱色の影が落ちる鳥居の下を一人で戻る勇気があるだろうか。

イレーネの足音は、次第に遠ざかっていった。

時間にすれば、ものの数分だったろう。二つ並んだ入り口と同じように出口も並んでいて、私たちはほぼ同時にそれぞれ最後の鳥居をくぐり抜け無事再会した。

それはほんの序の口だった。

神社は山を抱えるようにして建ち、どちらを向いても鳥居が立ち並んでいた。

道順はなく、気の赴くままに進んだ。石段や小石まみれの傾斜の強い山道で、しばらく歩くうちに息が上がった。朱色のトンネルが途絶えたかと思うと、山道の脇にはそこかしこに奉納所があり、小さな鳥居が御札のように何重にも掛かっている。

「それにしても、多いわね」

イレーネは肩で息をつきながら、幼子の頭を撫でるように、手を伸ばして鳥居の下にあるキツネの石像の首筋を触った。キツネは番いで、鳥居の両脇を守るように座っている。吊り目で、何を見ているのだろうか。目を合わせるとそのまま引き込まれそうで、私は慌てて目を逸らした。

朽ちた木製の鳥居、色褪《いろあ》せた朱色の鳥居、石製のものなど、順々にくぐり抜け、くぐり戻って、山を出た。

終点はなく、知らないうちに始点に戻る、長くて静かな散策だった。


電車に乗る前にひと休みしよう、と喫茶店を探しかけて、イレーネがいないのに気がついた。坂道の途中にあった売店で、土産でも物色しているのだろう。

日が沈んだばかりで、あたりはうっすらと黄昏《たそが》れている。

山道で目にした、大小さまざまな鳥居の朱が目の前に浮かぶ。筆書きの祈願が追うように浮かび上がる。キツネの目。口に銜《くわ》えた玉。巻物から垂れ落ちる紐。ジャリン、ジャリン。くぐもった鐘の音。重ね置かれた丸い石。欠けた石段の縁。濡れて深緑色をした苔。ぬるりとした水垢。

もう行きましょう、とイレーネに声をかけてみるが、店からいっこうに出てこない。

店には、奥へと続く土間にびっしりと、大小さまざまなキツネの石像が置いてある。彫りたての新品で、吊り目も心なしか和らいで見える。

イレーネは、熱心に一体ずつ見て回っている。

「皆、顔が違うのよ」

丹念に見て回ったあと、

「私はこれが好き」

端のほうに並ぶ番いを指した。

私は、店主とイレーネ、二匹の間に立って困惑した。

「クレジットカードが使えるかどうか、訊いてくれる？」

黙ったままの私を彼女は急《せ》かした。


帰路の新幹線の中、イレーネはずっと上機嫌だった。

「イスラム教に仏教、ゾロアスター教にヒンドゥー教、儒教に会ったときとは、比べ物にならないくらいの衝撃よ」

キツネのことである。

「ナポレオンがヴェネツィアからライオン像を持ち去ったときの気持ちが、何となくわかるような気がするわね」

まずはあの番いを持ち帰り、今後、各地の稲荷神社を訪ねてキツネを集める、と張り切っている。

イレーネが選んだ石製のキツネは、高さが七、八十センチほどもあった。

「男二人がかりでも、簡単には動かせませんよ」

それでもよいのか、と、店主は念を押した。

イタリアへの帰国が間近い赴任者の引っ越し荷物といっしょに送ってもらうのだ、と喜んでいる。


キツネが買えるとは、知らなかった。

そもそも京都の山を守るキツネを、ミラノまで連れ帰ってもいいのだろうか。怒らせると祟《たた》りに遭う、というではないか。

パリで見たヴェネツィアのライオンが、どことなく恨めしげに見えたのを思い出す。


秋が過ぎ、冬とともに二匹はミラノに到着した。

『クリスマスの代わりに、新しい家族を歓迎する宴を開きます。お越しをお待ちしています』

イレーネからの招待状を見ながら、濃霧にけぶるクリスマスのミラノを思い浮かべる。ふだんは灰色に沈む町が、イルミネーションで煌《きら》めいて、幻想的な情景を醸し出す。

年に一度、家族が集まる特別な食卓。

そこで、イエス・キリスト降誕の代わりにキツネ到来を祝うだなんて。

日本生まれどうし、キツネが喜ぶのでぜひいらっしゃい、と重ねて誘われ、私はあまり晴れない気分で彼女の家を訪れた。

広々とした居間には、植木鉢入りの背の高い竹がいくつも並べ置いてあり、ちょっとした竹林のようになっている。どこからか、ほのかに抹香《まっこう》の匂いが漂ってくる。

テーブルには塗りの銘々盆が並べてあり、徳利や杯もある。親しい友人たち数人。

そして、上座の向こうの窓近くにキツネが二匹、鎮座していた。

京都で会ったときとは雰囲気が違い、真新しい石肌が照明を受けて妙に白々しく光り、中国の骨董家具や金糸の刺繍入りクッションの中で浮いて見える。

老いたチャウチャウ犬が少し離れたところで寝そべったまま、面倒くさそうにキツネたちを見上げている。

よく事情を知らない客の一人が、

「ブッダ・バーには行ったことがあるけれど、ドッグ・サロンは初めてだわ。あれ、柴犬でしょ!? オリエンタルで素敵!」

世辞のつもりで声を上げている。

和風の食事が始まった。

巻き寿司を食べられない客を慮《おもんぱか》ってか、海苔《のり》の代わりに牛肉の薄切りで野菜スティックを巻いたもの、豆腐ではなくリコッタチーズで白和《しらあ》えにしたホウレンソウが出される。小皿に注がれた濃い茶色の液体は醤油ではなく、バルサミコ酢。なますかと思って皿に取ると、スモークサーモンと茹でたウイキョウの薄切りを和えたものだったりした。一見、日本料理と見紛うばかりなのに、口にするとそれは、食材も味つけも純然たるイタリアなのだった。

似非の和食には異国情緒があり面白かったが、食事が進むうちに私は自分が道化方になったようで、あまり居心地はよくなかった。

キツネの吊り目はどこを見ているのだろう。


年が明けてまもなく、相談がある、とイレーネから呼ばれた。

「どう考えても、あれ以来なのよね」

振り返らずに、背後に顎《あご》をしゃくってみせる。キツネ。

クリスマスのときに青々としていた竹林はすっかり枯れてしまい、茎とわずかに残った葉がみすぼらしい。あの日、食卓のほうを向いて並んでいたキツネは、今日はこちらに背を向けている。

「まずは、ひどいインフルエンザに罹《かか》ってね。そのあとは、仕事仲間と大喧嘩。おかげで次の取材は没。駐車違反で罰金。この寒い年末年始に、暖房の故障。わずかな隙に、籠から小鳥が窓の外に逃げてしまった。そして間もなく、私は七十よ」

キツネが来てから次々と問題が降り掛かるのだ、と彼女は鬱陶しそうな顔をした。

どうしたらキツネの気をとりなすことができるのか、というのが相談なのだった。

老練のノンフィクション作家の顔を見ると、心なしか目が吊り上がっている。

ミラノの日本料理店へ出向いて、油揚げを二枚手に入れる。

近所の生地店で、朱色のタフタを買う。しっとりと手触りのよい、上等品だ。

家に戻ると、京都の神山を思い出しながら丹精込めて、よだれかけを二枚縫った。そしてその日のうちに、油揚げとよだれかけを携えて、私はイレーネ宅を再訪した。

窓のほうを向いてつんとしているキツネの前に、小皿に載せた油揚げをお供えする。朱色のよだれかけは薄白いキツネの石の首元に映えて、とたんに華やいで見える。

怠《だる》そうにチャウチャウ犬が床から顔を上げ、こちらを一瞥《いちべつ》する。

私はキツネに日本語で、遠くまで来てくれた礼を述べ、重ねてこれまでの不行き届きを詫びた。

それでも、相変わらず落ち着かない、とイレーネは日常茶飯事に過ぎない諸問題をすべてキツネのせいにし続けた。

京都の鳥居とキツネに詣《まい》るために人がやってくるように、ミラノのイレーネ宅にも話題のキツネを見に、知人たちが集まるようになった。

その日の夕食には、パドヴァ大学で文化人類学を研究する大学教授がやってきた。緻密なフィールドワークで知られ、イレーネとは中国時代からの知己《ちき》らしい。

「アジアの民間信仰の研究者で、日本のキツネにも詳しいの」

イレーネは、自慢げに紹介した。

教授はもの静かで、眼鏡の奥の知的な眼差しが印象的である。食卓についた皆に、大和民族とキツネ信仰のことをわかりやすく説明したあと、

「もしよければ、私が厄介払いしましょうか？」

イレーネに向かって尋ねた。

教授の朴訥《ぼくとつ》とした話しぶりから誠実な人柄がよくわかり、はなからキツネのことなど真剣に知ろうともしていなかった他の客たちも説明を聞き終える頃には、すっかり日本の古来の言い伝えに魅了されている様子だった。

キツネに惹かれたのか、それとも教授になのか。

イレーネは教授からの親切な申し出に顔を輝かせて、

「二匹とも連れていかれるのは、さみしいわ。それに、揉《も》めごとがそちらにまとめて行くと悪いし」

そう言い、食事が終わる頃には、二人で一匹ずつ分け持つことに決まった。

「ときどきキツネ連れで会うことにしましょうよ。そうしないと可哀想でしょ」

教授はその提案にやや驚いたようにイレーネを見たが、すぐ、オーケー、というふうに目で返して、夕食はお開きとなった。

番いのキツネが身を離して良いわけがない。

それに、男二人がかりでも動かすのが難儀、というキツネをいったいどのように持っていくつもりなのか。

あれこれ気に病む私に、わかっていないのねえ、と夕食に同席していた知人は笑いながら、

「二匹を分割したあとイレーネはすぐに、手元に残ったもう一匹のキツネを連れて教授の家まで行ったのよ。『二匹を会わせてやらなければ』は、〈私たち二人で会わなければ〉ということでしょ？」

と、教えてくれた。

結局、キツネは二匹とも教授宅に移ったままとなった。

それからしばらくして、教授は長年連れ添った妻と別れてイレーネと暮らし始めたのだった。

非日常の世界への朱色のトンネルをくぐり抜け、終点のない神山の道を歩いて始点に戻った、あの午後を思い出す。

イレーネは、長年かけて東方を探して見つけることのなかった自分の居所を、ミラノに戻って手に入れたのだった。

京都のキツネのおかげで。

開いた穴

倒した車の後部座席へ、トランクに置いた植木の枝先が伸びている。枝のそこかしこに小さな白い花を付けて、青い香りが運転席まで漂ってくる。

エンリコを仕事場に訪ねていくところだ。彫刻家で、郊外に仕事場を構えている。バスや地下鉄の駅からはかなり遠く、気軽に訪ねていけない。エンリコはいくつか用事をまとめてときどきミラノ市内へ出てくるので、彼の都合に合わせて私たち友だちは町中で落ち合うことにしている。それ以外は、あまり人との交流はないらしい。不便な場所に仕事場を設けているのも、あるいは面倒な人付き合いを避けるためなのかもしれなかった。

町を縦断し、さらに市外へ向かってしばらく走る。北部地方とミラノを繋ぐ主幹産業道路で、一日じゅう車の流れは途切れることがない。今日もひどい渋滞で、しゃっくりを繰り返すように、止まっては進む。車窓から見えるのは、道沿いのくたびれた建物ばかりだ。取り立てて特徴もない。くすんだ景色が渋滞の向こうに続く。

いい加減、それを見飽きた頃にようやく、エンリコの仕事場がある地区に入った。

市内のような七、八階建ての住宅や商店街はなく、低層の建物が間隔を空けて建っている。

ぽつねんと立ち尽くしている人を見るようだ。うら寂しくはあったが、渋滞のイライラから抜け出たあと、ごみごみしていない地区の様子に何となくほっとする。

角には小さな公園があり、絵入りの屋号の看板を掲げたパン屋や雑貨店が点在している。どこか見知らぬ小さな町に迷い込んだような、タイムスリップしたような、不思議な風景だ。

頑丈な鉄製の玄関扉は閉まっていて、中の様子は見えない。トラックがすれ違えるほど、玄関口には幅がある。かつては町工場か車庫だったのだろう。

ジリンジリンとけたたましく呼び鈴が鳴ると、ゆっくりと扉が開き、土埃が舞い上がった。

砂利敷きの空き地が現れ、その両脇には、鉄枠の窓に三角屋根の建物が四棟並んでいる。その一棟が、エンリコの仕事場だった。

がらんとしている。

今日エンリコに会いに来たのは、弔《とむら》いの挨拶のためだった。

彼の愛犬が死んだのだ。

数年前のある晩、食事に招いた友人が、

「僕の友だち。アーティストなんだ」

と、連れてきたのがエンリコだった。

初老の長身に、着倒してくたりとなったジーンズと濃紺のジャケット姿は気負いがなく、洒《しゃ》脱《だつ》な印象である。ごま塩頭を二分刈りにし、造作の大きな顔で役者のように見える。

「よろしく」

差し出された手は、私の手を握り込んで余るほどだった。

たまたまその晩は、現代アートを専門とする三十代の学芸員も同席していて、食卓での話題は美術展や画廊、舞台芸術などに集中した。

「……オープニング前日に行ってきたんだけれどね。フランス館が一番人気で、土砂降りの中を一時間も待たされたよ。でも、あれはやはり見ておくべきだね。何せ僕は最近、もう忙しくて。その夜のうちにブリュッセルに入ってさ……」

若い学芸員は、始まったばかりのヴェネツィア・ビエンナーレについて話し始めた。業界関係者対象の内覧会に招待されて行ってきたらしい。よほど嬉しかったのだろう、言葉の端々に得意気な調子がこもる。

「……いくら現代アートといっても、やはり背景になる歴史がないと駄目だねえ。文化というのはね……」

上機嫌で、饒舌《じょうぜつ》ぶりにますます拍車がかかる。高座があれば、声高に講談でも打《ぶ》ちそうな勢いだ。しかし、どこかですでに見聞きしたような説明や感想を今またこの食卓でも聞きたい、と思う人はいないだろう。それに気がつかないのは、本人だけである。

エンリコは、黙って手酌《てじゃく》でワインを飲んでいる。青臭い評論にときどき、へえ、と意外そうに目を見張ったり、納得したように頷いたりしてみせる。それで学芸員はますます調子づき、彼の独壇場のままその日の夕食はお開きとなった。

客たちは三々五々、帰っていき、エンリコ一人が残った。

「さて、と」

締めくくるように言ったので、玄関まで送ろうと私がテーブルから立ちかけると、

「あいつ、本当によく喋ったな」

座り直して、というふうに私に手で示しながら言った。

時間を遡るように、エンリコはその晩話題になったことを順々に拾い上げて、彼ふうに説明し直した。それは若い学芸員の、他人の言葉の切り貼りのような薄っぺらな解説とは、視点も深みも異なっていた。創る人と観る人とでは、芸術との関わり方が異なるのは当然だ。それでも、エンリコにはその学芸員の薄っぺらさがよほど気に入らなかったとみえる。美術展の観どころに始まって、過去から現在への流派の詳しい説明、社会との関連性など、美術から政治経済、思想、哲学を縦横無尽に縫い、果てのない話を続けた。

聴衆は、私だけである。

あるときは空《くう》を見つめながら、また立ち上がって窓から外を眺めながら、ソファに沈んで独り言を呟くように、エンリコは延々と話した。

そのうち私は、彼は芸術そのものと対話しているのだ、と気がついた。

自分にとって芸術とは何か。

自らの内面に問いかけては、答えを引き出そう、と懸命になっている。真剣だったが、辛そうだった。芸術への造詣《ぞうけい》が深ければ深いほど、自分への鼓舞はいっそう激しいのだろう。創る

人の懊悩《おうのう》を目《ま》の当たりにして、私はただ驚いて聞き入るばかりだった。

　エンリコが吐露し尽くして帰っていったのは、深夜二時を回っていた。


　深夜の独白からしばらくして、エンリコから個展への招待状が届いた。

　ミラノの東端に、工科大学がある。高い街路樹と学舎に囲まれた、質実な雰囲気の一帯だ。招待状に書かれた住所は、大学地区から国鉄の駅を越えたあたりである。

　町の中心にある老舗の画廊が代替わりして、若い後継者たちは外れにある工場跡や倉庫を改築して画廊を開いたり、美術展や舞台を企画するようになっている。先代たちの手が及ばなかった、ごく斬新な芸術作品を扱う。目利きも時代とともに変わるのだ。発表するのは美術作品に限らず、前衛的なパフォーマンスだったり音楽だったりする。領域を越えて、異種の創作活動が交錯し、新しい芸術を生み出す。新しい試みはそれまでとは違うファンを作って、好評だ。

　場所からして、エンリコの個展もおそらくそういう新興派の運営による空間で行われるのだろう。老いた孤高のアーティストの独白を思い出し、新世代との交流は彼にとってきっとよい気分転換になるだろう、と嬉しくなる。

「日が暮れると、一人歩きはあまり勧められない場所なので」

　事前に言われて、平日の昼下がりに訪ねることにした。

駅の手前側は、ロータリーにひっきりなしに路線バスやタクシー、自家用車が往来し、大勢の学生たちが乗り降りして賑やかだったのに、駅を越えたとたん、見知らぬミラノがそこにあった。

　案内図を手に、かなり歩いた。道を尋ねようにも、通行人がいない。この時間、住民たちは学校や勤め先に出払っているのだろう。やっと一軒、バールを見つけた。入ると、店内の壁際にL字型に造り付けの長椅子があり、座面には濃いワインレッドのビロードが金鋲《きんびょう》で打ち張ってある。アルミの縁カバーがテラテラと光るテーブルが、五、六卓並んでいる。地味な店構えには場違いな、妙に過剰な内装のせいで、ひどく場末の印象だ。

「知りませんねえ」

　店主に会場の名前を言ってみたが、聞いたこともない、と首をかしげた。奥から、妻なのか、中年女性が強い口調で店主を呼ぶ。夕刻のアペリティフの準備があるというのに美術展などに取り合っている場合ではないでしょう、と忙しそうな声がそう咎めている。

　市内より味も落ち価格も安いコーヒーを飲み干し、早々に店を出ると、何のことはない、会場のある通りはほんの一筋先にあった。

　会場住所の番地が振られた建物の呼び鈴には、さまざまな苗字が並んでいる。一軒も事務所らしき名称は見当たらない。ごくありふれた、郊外の一般集合住宅である。その一番下の呼び鈴の上にテープで紙切れが貼られ、

〈エンリコの個展会場〉

と、手書きで記されてあった。

入れ子のように、正面から奥へと重なる建物を二棟通り抜けると、中庭に出た。日が差さないらしく、コンクリートで固めてある地面には方々に水苔が生え、湿った臭いがする。

中庭の真ん中に、会場はあった。

屋根近くに横に細長く付いているのは、換気口代わりの窓なのか。

物置のように見えた。


入り口のそばに置いたスチール製の折り畳み椅子に一人で座って、エンリコは本を読んでいた。

鼻先にずらした老眼鏡の向こうから大きな目を上げ、

「ちょうどいい時間にいらした」

ありがとう、と嬉しそうに立ち上がって、私を建物内へと招き入れた。

十数メートル四方ある建物の中は、ひんやりとしている。結構な広さなのに、壁の上方に横並びに四本の蛍光灯があるだけだ。灯りは下方まで届かず、周囲がわずかにぼんやりと明るくなっている。それでいっそう陰気な空気が漂っている。

会場には、誰もいない。作品の搬入もまだのようだった。何か手違いでもあったのかもしれない。

出直してきたほうがいいのか、とエンリコに確かめようとして、はっとした。物置の中に放置されたままの粗大ゴミの前で、彼が大きく息を吸い込んで、にっこりしたからだ。

それが、彼の作品なのだった。


粗大ゴミかと思った大きな塊は、鉄だった。何度も焼いては繋ぎ合わせたり、剝がしたりしたのだろう。外科手術の縫合跡のように、バーナーの軌跡が付いている。ただやたらと大きく、形はあるようで、ない。

エンリコの後ろについて作品の周りを歩き、その粗く歪《いびつ》な表面を見ているうちに、気持ちがざらついた。

ゴーン。

突然エンリコは、目をつむって作品を金槌で叩いてみせた。

君もどうだ、と渡されて、同じように叩いてみる。

ゴーン。

耳を寄せて、と言われて、私は片頬を鉄の表面にぴたりと付けてみる。

エンリコは椅子の上に上がったかと思うと、作品のてっぺんから中に頭を突っ込んで、ホウホウ、とゆっくり低い声を上げた。

足元から押し付けた頬へと、地鳴りのようにホウホウと声が這い上がってきて、作品の表面が細かく振動した。エンリコは満足そうに腕組みをして脇に立ち、どうだ、とこちらを見て顎をしゃくった。

鉄の塊は、元通り、鈍色《にびいろ》に沈んでいる。

それからエンリコは小一時間ほどかけて、鉄と音と空気と光と自分について、とうとうと話した。

硬くて冷たい鉄。重くて黒い鉄。それでも炎を受けると、オレンジ色に染まり、柔らかくなり、再び硬直する。それをじっと見ている、空気。穴から自分の声を吸い込んで、足元から振動となって戻してくれる。ここは外なのか、内なのか。重くて硬いのに、響きに変わったとたん、軽やかに四方八方に飛んでいく。そして再び、鉄。

建物には、人の気配がなかった。静かな中で、エンリコの声だけが響く。それが鉄に当たって跳ね返り、作品の声に変わってこちらまで流れてくるような気がした。

「作品の題名は、〈穴〉といいます」

ホウホウ、というさきほどの声が、穴を抜ける風音のように耳に蘇る。

ひんやり湿った荒い風が吹き抜けるのは、彼の心の穴なのか。

誰かに見られているような気がして背後を見やると、作品とエンリコのちょうど間に大きな犬が背を伸ばして身じろぎもせずに座り、こちらをじっと見ていた。

それが、ミランダだった。

エンリコと、ときどき会うようになった。しょっちゅうというわけではなく、二、三ヶ月に一度という付き合いだった。彼は仕事場と自宅だけを往き来する毎日を繰り返し、いつ評論家が作品を観にやってくるかしれないから、と仕事場を離れようとしなかったからだった。大きな〈穴〉を展示したあとも、結局エンリコのところにはどこからも問い合わせは来なかった。会場を提供した若い画商すら、何も言ってこなかった。

それでもエンリコは毎日、仕事場で創り続けた。

個展はもうしばらくない、というので、ときどき仕事場まで作品を見に行くと、エンリコと鉄の後ろには必ず、まっすぐに背を伸ばして身じろぎもせずに座っているミランダがいた。


ミランダは、彼の息子が連れてきた犬だった。

ある夏、高速道路の入り口近くで、首輪もしていないゴールデンレトリーバーがへたり込んでいるのを見つけた。長期休暇を前に、手に余ったペットを道路脇に捨てていく不届きな輩《やから》は多い。もう何日もうろついていたのだろう。捨てられた場所で、飼い主を待っていたのかもしれない。力なく潤んだ目で犬に見上げられて、エンリコの息子はそのまま家へ連れて帰った。

二歳くらいか。

「人間で言えば、十四、五歳というところだな」

拾われてきた犬を見てエンリコが言うと、

「じゃあ、あの頃の僕と同じだ」

息子は呟くと、捨てられていた犬を抱きしめた。

エンリコと妻は、息子が十四歳の頃に別居したのだった。

「息子は中学校を終えたばかりの難しい年頃でした。それなのに僕たち夫婦はすっかり混乱していて、息子のそばにいてやれなかった」

息子は一人で決めて技術系専門学校に進んだが、二年も経たないうちに中退してしまう。学校に行く代わりに、工員や大学生、失業者たちが占拠してたむろする廃屋に出入りしては、朝から晩まで組合活動の手伝いをしたり、駆り出されて抗議デモに参加したりして毎日を過ごしていた。廃屋の仲間たちは、世の中のお仕着せの決まりごとにはことごとく反発した。具体的に刃向かうことがないときも、いつも何かに対して憤っているのだった。弱者を助ける、というモットーの下に、実際には各々の抱える怒りや悲しさをいっしょに吐き出していたのかもしれない。

離婚が決まると、エンリコが家を出た。以来、調停で決められた通り、息子とは隔週で週末を過ごすだけとなった。出ていった父親を恨んでいるのに違いない、と思うと、息子と顔を合わせても何を話していいのかわからない。元々、息子にも妻にも優しい言葉をかけてやるようなことをしてこなかった。離れてみて初めて、家族にどれだけ渇いた生活を強いていたのかを自覚した。

でも、自分はアーティストなのだ。

創ることに懸命で、他のことにまで気が回らなかった。互いに好きで結婚したのだ。心地よい毎日になるよう、それぞれが最善を尽くす。それがエンリコにとっての、結婚生活だった。自分にとっての最善は創作活動に打ち込むことであり、それが家庭に円満をもたらす、と疑わなかった。芸術に身も時間も捧げ、そのうち妻も息子も空気のようになった。あって当たり前なもの。家族は見えない存在となった。

芸術に窒息しないように、エンリコに酸素を送り込んでいたのは妻だった。鉄を焼き、打ち、冷まし、ときどき空に目を泳がせて考え込む夫が好きで、何よりの誇りだった。

しかしその大きく重い作品への評価は低いままで、誰からも相手にされない。それでも夫は創ることを止めず、作品は増え続け、仕事場から溢れ出て、中庭に積み重ねられ、そして腐蝕していった。

雨に打たれて朽ちていく鉄の山を前にして、それでも黙々と創り続ける夫の胸の内を妻は思いやった。

〈私には到底、持ち上げられない〉

妻は、自分の微力を悲しんだ。

鉄の重さに先に押しつぶされたのはエンリコではなく、妻のほうだった。

隔週ごとに決められていた息子と父親の対面は、なし崩しに減っていった。母親は離婚してから塞《ふさ》ぎ込みがちで勤めもままならず、父親の芸術作品は相変わらず鳴かず飛ばずで、息子が自分で働かなければ母との生活の目処《めど》が立たなくなったからだった。

廃屋の仲間たちに、自分が困窮していることをそれとなく伝えて助けを求めようとしたが、きれいごとの観念論を返されるだけで、実質的な手助けをしてくれる者など誰もいなかった。

〈芸術なんて、何だ〉

世の中への彼の反発は、芸術への憎しみへと変わった。

自分や母親の苦境の発端は、父親の不遇にあるのだ。父親を家庭から奪った芸術なんて、消えてしまえばいい。

芸術を憎んで父親を恨まなかったのは、自分の出自を否定するようで恐ろしかったからである。

いよいよ行き詰まったとき、面白い共同体があり働き口も紹介してもらえるらしい、と人伝《ひとづて》に聞き、息子はボローニャまで出かけていった。

古い集合住宅だった。学歴も仕事も家族も運もない、彼と似た境遇の人たちが一棟丸ごと占拠して共同生活をしているのだった。左派主導の歴史が長いボローニャでは珍しいことでもないらしく、市民運動の組織に支えられ、周囲から疎まれることもなく、住人たちにも世を拗《す》ねた様子は感じられない。むしろ、合宿生活のような自由な活気に満ちていて、彼はすぐに惹かれた。入居といっても、空き室どころか余ったベッドすらなかったが、「床でもいいのなら」と誘われて、息子はまもなく寝袋一つで転居した。

どん底の環境へ追い込まれて、息子はむしろ救われた。父親が出ていき、母親が自らを見失い、仲間にも失望していたところに、孤独なのは自分だけではない、と知ったからである。共同生活の仲間に、鉄板の裁断や溶接法を知っている、と言うと、ポツポツと仕事が舞い込むようになった。幼い頃から父親の仕事場で見て覚えたものだった。

皮肉なものである。息子は、ボローニャで鉄に救われた。自分と母親から父親を奪った、あの鉄に。

生きていくために、見るのも嫌だった鉄を溶かし、切ったり打ったりするうちに、手先の感触が幼かった頃に彼を連れ戻した。

一人で黙々と作品を創っていた父親を、いつも後ろの少し離れたところで見ていたっけ。

鉄は、父親だった。

鉄を通して、父親の魂が自分の中に入ってくるような気がした。

ボローニャでの数年間を経て、エンリコの息子はやがては画家になろうと決意した。

「僕は、一人でももうだいじょうぶだから」

息子はそう言って、ミランダをエンリコのところへ置いていった。

そうして、捨てられていたミランダと、家庭を捨てたエンリコの暮らしが始まった。

犬も孤独。彼も独り。

エンリコが鉄を打つとき、いつもミランダは後ろでじっと座って見ている。

作品は、今後も売れることはないだろう。公園や広場に置くといいような、大きな創作物なのだ。個展を開かず、代理人もなく、画廊へ売り込みにも行かない彼には、好機はそう簡単には訪れない。夜間高校で教えたり美術展のガイドを引き受けたりして、生計を立てている。それでも、エンリコは鉄を打つ。

やっと今、息子には父親の気持ちがよくわかる。

鉄を打って、自分を探す。

打ち続けていないと、自分を見失うからなのだ。

エンリコと息子が孤独に溺れそうになったとき、ミランダはいつも後ろに座って見守っていた。何もねだらず、吠えず、彫像のように動かないミランダは、二人のやりきれない思いを静かに受け止めていたのかもしれない。

いつの間にか側《そば》にいて当然となり、そのうち空気のようになった。

ある日エンリコが振り返ると、ミランダは座っていた場所でそのまま崩れるように肢体を伸ばして、死んでいた。

白い花をつけたリンゴの苗木を渡すと、エンリコは木を抱えて仕事場へ私を招き入れた。

そこには、あの大きな〈穴〉が置いてあった。

エンリコが力ずくで作品を押してずらすと、下から長方形の鉄板が現れた。

『1999. 11. 1　Miranda　2014. 3. 25』
墓碑銘に刻まれた一行は簡素で美しく、哀しい。
心の底に開いた穴を、鉄板が下からそっと閉じている。
ホウホウと、地から静かに響き上がる声が聞こえてくる。

静かな相手

夏になるとミラノからもチャーター便が飛んで、一時間強で行けるのだが、今回はジェノヴァからフェリーで向かっている。

サルデーニャ島。

高級リゾート地として島の沿岸部が開発されてから、すでに半世紀余りになる。欧州で最も古い地質と言われ、乾いた岩山から緑の広がる高原、断崖絶壁に深い海、オリーブやコルクの木が密集する内陸など、島は表情豊かな自然で溢れている。とりわけその海の色は、緑と青の間を揺れていて、幻想的だ。

本格的な夏に入る前のある日、マリーノを夕食に招待した。雨続きの肌寒い春がようやく終わった途端に、ミラノ特有のべたつく暑さが続いてうんざりしていた。初物のメロンを冷やし生ハムと合わせて、白ワインで夕涼みでもどうか、と友人たちを誘った。

記者やカメラマン、園芸家や画家、といった自由業者ばかりなので、どの人もぎりぎりまで予定が立たず、同伴者も毎度不定である。それでも長い付き合いからお互いの事情は承知していて、気のおけない食卓だった。ふだん飲んでいるワインを持ち寄り、三々五々、着いた順に栓を抜き、適宜、料理を用意してつまむ。

日は暮れたが、まだけだるい暑さが残る。煮炊きが必要な肉料理など、この時季、いかにも野暮ったい。いまさら食べ物で蘊蓄《うんちく》を、という間柄でもなく、ニンジンやセロリ、ズッキーニ、新ネギを縦長に切ってボウルにまとめて盛り、各人が好きなように味付けして食べている。夜更けて小腹が空くようなら、野菜の残りを炒めてパスタと合わせてもよいのだ。

少し遅れてやってきたマリーノは、冷えて水滴の付いたラベルのない瓶を差し出した。

「今朝、届いたばかりの島産だ。旨いんだよ、これ」

こういう冷えた白には、茹でたタコのぶつ切りとジャガイモを、オリーブオイルとレモン、パセリで和えたサラダがよく合う。

そういえば冷凍庫にタコの買い置きがまだ残っていたかも、と立ちかけて、ふとマリーノがタコを飼っていたことを思い出した。

「いやね、このあいだ残念ながら……」

マリーノは、泣き笑いの顔で十字を切ってみせた。

彼の家の、暗い廊下の奥にあった水槽を思い出す。小さな電灯の下で、タコのアルベルトはじっとしていた。私が水槽のガラスを叩いてアルベルトの気を引こうとすると、

「人見知りが激しくて、臆病だから」

マリーノに窘《たしな》められたのだったっけ。

あのアルベルトがいなくなったのか。

島の白ワイン。しんみりと皆で、タコのアルベルトへ献杯を捧げる。

喉元を引き締める辛口で、飲み干すと身体の隅々に沁み渡る味わいだった。杯を重ねるうちに、タコが足を伸ばして心地よさそうに泳ぐ光景と鮮やかな海と空の青が、目の前に迫ってくる。

海へ行ってこよう。

マリーノは、撮影のためにまだ島へ頻繁に通っているらしい。今まで、彼がどこの島へ通っているのか、詳しく尋ねてみたこともなかった。

「サルデーニャだよ」

ジェノヴァからサルデーニャ島への船旅は、とんでもなく長い時間を要した。リゾート地化した北端と南端へは、チヴィタヴェッキアやジェノヴァから最新式の高速船が出ていてほんの数時間で着くというのに、私の行き先の東南岸へは古びたフェリーしか運航しておらず、おまけに別の港も経由するので十七時間もかかるのだった。

それでも私が船旅を選んだのは、タコのアルベルトが生まれた海を行き、供養をしたかったからである。太陽がいっぱいの海で機嫌よく暮らしていたところを、寒くて灰色のミラノに連れてこられて、タコはどういう気持ちだっただろう。暗いアパートの廊下で、ひっそりと過ごしたアルベルト。唯一の慰みは、毎日マリーノが入れ替えてくれる故郷の海水と会うことだったかもしれない。

マリーノが都会でタコを飼ったのは相当に変わっていたが、毎日欠かすことなくエメラルドグリーン色の海水を運び続けてやったことは、神々しいまでの友情の証に思えた。丹念にタコの世話をすればするほど、マリーノの孤独な心の内を見るようだった。一掬いの海水を待ちわびていたのは、タコだけではなかったのだ。


十数時間も船上にいると、そのうち空と海の境界は曖昧になり、自分が空に浮かんでいるのか海上に漂っているのか、わからなくなってくる。外海は時化《しけ》てはいなかったものの長い波が続いて、旧型のフェリーは船体をゆったりと波任せにした。緩やかな坂道を上り、てっぺんに着いた途端に足元を掬われ、ずんと真下に落ちていく感じが続いた。

長い波の繰り返しにすっかり船酔いした乗客たちが、甲板に直に横になり蒼白な顔を並べている。

一晩じゅう走航し続けてもまだ陸は見えず、昼近くになってようやく遠くに島影が現れた。さぞ緑が深いのだろう。遠目にも島は黒々としている。かなり近づいても、建物らしいものは一軒も見えない。

海は藍色をさらに深め、ときおり船腹近くにイルカが三、四頭、戯《じゃ》れ合うように伴泳しては離れていく。周囲の景色で変化があったのはそれくらいで、あとは一繋がりになった青い視界が船を取り囲むばかりである。

すぐそこか、と思った港は遠く、島影が見え始めてからかなりの時間をかけて、フェリーはようやく横付けに係留された。あまりに空気が澄んでいるので、遠くの景色も手が届くように見えていたのだった。

ほとんどの乗客がそこで下船した。新たに乗り込んでくる客はいない。そこから終着港まで、さらに五、六時間はかかる。甲板の手摺りに寄りかかって出航を待ちながら、港を見る。

透き通った空気のなか、ルーペで観るようにくっきりと、人々の仕草や駆け回る犬のつま先、親に手を引かれた幼子が舐《な》めるアイスクリームが見える。

空気は乾き海風が心地よく、気づかないうちに両腕も脚も赤く灼《や》けている。

サルデーニャとミラノが同じイタリアであることに、違和感を覚える。ここは、シチリアとも南部のナポリやバーリとも異なっている。目を見張る美しい大地が激しい潮流で周囲を守られて、手つかずのままでそこに在る。

船に残った乗客たちのほとんどが、島民だった。船から他所者たちがいなくなるのを見計ったように、彼らは強い方言で話し始めた。聞き耳を立てても、少しもわからない。ときおり混ざるイタリア語は語尾を畳み込むように発音し、折り目正しい聞き心地だった。

話しぶりの通り、男たちは揃って背が低くがっしりとしていて、髪は襟首の生え際がはっきり見えるように短く刈り上げている。顔は灼けて赤銅色《しやくどういろ》で、深い皺の中から厳しい眼差しが光っている。饒舌な人は少なく、苦々しい顔つきをして、船内で腕組みをして座っている。甲板に出て海原を見ているのは、他所者の私と子供たち数名くらいなものだ。

若い女たちは皆、申し合わせたように、艶やかなまっすぐの黒髪を束ねて毛先をバレッタでまとめて上げている。小柄で引き締まった身体つきをしていて、子鹿のように見える。小さな顔にペンで描いたような、美しい曲線の目が印象的だ。血縁どうしかと思うほど、体形も表情も、服装の好みまでもがよく似ている。

「どちらまで？」

椅子席の隣の初老の女性と目が合うと、丁寧に声をかけてきた。私がマリーノの名前を出すと、ああ、と深く頷いて安心したような顔をした。

彼は島では有名らしかった。

航海中は、なかなか過ぎない時間を持て余したが、いざ着いてみると、長時間かけて来てよかった、と思った。フェリーが入っていった湾は岩に囲まれ他には何もなく、港の向こうに青空を覆うように、見知らぬ大木が連なっている。青を背景にした影絵の中に入り込んだようだった。景色は神秘的で少し恐ろしく、もしここへミラノから一時間強で着いていたならば、まごついたことだろう。

一足先に島に着いていたマリーノが、車で迎えに来てくれた。宿へ行く前に軽く食事でも、ということになった。

港は、湾岸警察署と看板がかかった小さな平屋とバールが一軒あるだけで、船から降りた人たちがいなくなると、がらんとしている。フェリーが着いたというのに、バールはシャッターを下ろしたままで愛想がない。

マリーノの車は、打ちっ放しのコンクリートのざらついた地面を、ジリジリと音を立てながら船着き場の向かい側の防波堤へと向かった。

何艘《そう》もの船が並んでいる。どれもせいぜい中型船どまりで、今ふうのものはない。てっきり陸に引き揚げてあるのかと思っていたら、近くを通るときに、杭《くい》に繋がれて浮かんでいるのだと知った。あまりに透明な水を通して海底がすぐそこにあり、船が砂浜に引き揚げられているように見えたのだ。

漁船の係留所を越えると、すぐ町道に出た。右に海、左に松林。道なりに数分走って、マリーノは車を停めた。

その家は、緩やかな坂道沿いの三階建てで、マリーノの友人宅だった。

「まあ、奥へどうぞ」

下腹に響くような声で出迎えたのは、見上げるような大柄の老人だった。一帯の網元だ、とマリーノに紹介される。声が割れているのは、潮のせいらしい。

花柄のカーテンやジャカード織りのソファ、似非中華の花瓶やフランス人形、原色使いの大きな油絵など、多彩で不揃いな趣味の物に溢れた居間を抜け、広々としたテラスに案内された。

目の前に、海が広がる。

テラスの両側は廊下状のベランダになって、建物をぐるりと取り囲んでいる。高台から島を三百六十度、楽しめるのだった。

「ここから四方八方を視ている、というわけですよ」

大きな老人は、岩が転がるような声で笑った。深い眼孔の奥に光る目は、しかし少しも笑っていない。老いて、こうなのだ。男盛りの頃には、どれほどの厳しさだったのだろう。

「さあ」

動物が吠えたような網元のひと声を合図に、家の奥から丸まると柔らかそうな年輩の女性が出てきて、大皿を食卓に置いた。妻なのだろう。そのあとに、娘なのだろうか、明るい栗色の髪を肩まで垂らした女性が続く。潮風や揚げた魚の匂いの間をくぐり抜けて、甘いコロンの香りが流れてくる。

「初めまして、アウローラです」

皿を置きながらぐっと顔が近づいたところで、私と目を合わせて挨拶した。

茶色がかった緑色の目は切れ長で澄んでいて、ごく近くで見ると、どこを見ているのかわからない。アイライナーでくっきりと縁取りされて、暗がりで驚く猫の目のようだ。

ビキニの上から薄地のパレオを巻き付けていて、テラスに吹く潮風になびくたびに、下腹部や太腿が露《あら》わになる。色気にむせ返り、同性ながらどぎまぎする。マリーノや同席している漁師たちは、食べることとおしゃべりに夢中で、パレオの向こう側など気にならないようだった。あるいは、見ないふりをしているのか。

網元の自慢の娘アウローラとは、毎日のように会うようになった。数えるほどの集落が港に張り付くようにしてあり、食堂が一軒、パン屋が一軒、青果店が一軒、その真ん中に郵便局、と生活に必要な場所が集まっていた。広場の代わりに、人々は岸壁を往ったり来たりした。内陸に向かって数キロメートルほど行くと、そこそこに大きな町もあったが、半径数百メートルで用が足りてしまうような毎日がミラノから来た私には珍しく、楽しかった。

目覚めると、つっかけ履きで宿から出て、港のバールで朝食を摂りながら新聞を読む。陸揚げされたばかりの近海ものの魚を冷やかし、焼きたてのパンと朝摘みの野菜や果物をその日の分だけ買い、戻る。潮と土の香りのする食材がコイン数枚で手に入る、贅沢な買い物であり、充ち足りた散歩だった。

毎朝の道すがら、アウローラや網元夫婦、その親族、漁師仲間と行き合った。漁師の家に寄宿するマリーノとは毎日、食堂やバールで落ち合って、そのたびに新しい知り合いが増えた。一週間もすると、港近辺の人たちのほとんどと顔見知りになっていた。

朝の買い物を済ませてしまうと、マリーノとの夕刻の待ち合わせまで何も用事はなかった。あるのは、海だけである。

最初の数日は、宿の前の浜に出た。決まった時刻にアウローラが一人でその浜にやってきて、波打ち際を早足で歩く。防波堤まで行っては、引き返す。往復を繰り返し小一時間すると、彼女は海に飛び込んで沖に向かってゆったりと泳ぎ、大きくU字を描いて戻ってくるのだった。

「午後は、風向きが変わるから」

アウローラに連れられて、午後の浜、夕刻の湾、日没後の海、と、太陽を追いかけながら海を楽しんだ。

昼どきには四十度を超えることも珍しくなく、浜には出ていられない。午後五時過ぎ、西に太陽が回ると、木陰を選んで寝転んで本や新聞を読んだ。本の内容は、あまり頭に入らなかった。エメラルドグリーン色の前には、文字で書かれたことがすべて薄っぺらな絵空事に思えたし、深刻な時事報道は異次元の話のように思えた。

アウローラは浜に来るや、全身にクリームを念入りに塗った。最後の仕上げ、というふうに、ビキニの胸元を少しずらしてラメ入りの練り香水を塗り込む。たちまち、網元の家で食事に呼ばれたときの、あの甘い香りが立ち上った。指先の動きも匂いも白い砂浜に浮かび上がって、くらりとするほど艶っぽい。

周りに誰もいないのに、と私がからかうと、

「好きなの、小さい頃から一人でこうして遊ぶのが」

アウローラは幼子のように笑い、甘い口調とは不釣り合いな真っ黒のサングラスをかけて、寝そべるのだった。

左手薬指に金色の指輪があるが、浜にも買い物にも彼女が夫と連れ立っているところを見たことがなかった。そもそも彼女がいったい何歳くらいなのか、いっしょにいてもさっぱり見当がつかない。めりはりのある美しい肢体はもう二十代のものではなかったが、かといってまだ

三十代なのかすでに四十を超えているのか、わからない。それは、彼女が口を開くと、練り香水のように甘い物の言い方をするせいかもしれなかった。

私たちは並んで浜で寝転び、あれこれと雑談した。世相が話題に上ることは、皆目なかった。ゴシップ誌をめくっては、出てくる有名人の髪形や靴、洋服についてばかり話した。

たまに他所からの男たちが浜にやってくると、アウローラを見て誰もがのぼせて、何とか話すきっかけを見つけようとまごついた。

「絵本に出てくる人魚のようでしょう？」

アウローラの浮世離れした魅力に驚く私に、マリーノはそう言い、あとは黙ってしまった。

「お父ちゃんがね」

アウローラは、よく父親のことを口にした。

老いても若者と少しも見劣りのしない巨軀の網元と、甘い匂いに包まれて聞く〈お父ちゃん〉という呼び方がいかにもちぐはぐで、可笑しかった。熟れた身体に稚気が漂うアウローラに覚える違和感と、通じるところがあるのだった。

たいていのイタリア女性なら、夫や子供たちの自慢や愚痴が出るものだ。ところが浜を変えながらアウローラが話すのは、浜ごとに残る父親の思い出か、自分とは接点のない雑誌の中のことだけだった。飽きることもなく、いつも嬉々《きき》として。

〈どこか、ずれている〉

目の眩むような魅力は行き場もなく、砂浜で宙に浮いていた。

似たような話を繰り返し、クリームと練り香水の匂いに包まれて、うつらうつらとし、少し泳ぐ。

そういう毎日を繰り返すうちに、アウローラが選ぶ浜はすべて、父親の近海ものの漁場の前にあるのだと気づいた。時間によって潮の流れは変わり、行き交う魚も変わる。沖合遠くに一群の船が見えることもあれば、岸に近いところで静かに待機している船を目にすることもあった。浜ごとに魚の群れがいて、浜ごとに魚とアウローラを追う漁船があった。

彼女は、四十をとうに超えていた。十代で産んだ息子は、今は島内の大学に通っているらしい。

「ひどい話でね」

息子の父親は不慮の死を遂げた、とだけマリーノは話し、あとは口にしなかった。島だけではなく、半島側のイタリアまで知られた恋愛と別れの話らしかった。

事故だったのか、誰かに仕組まれたのか。

詳細は誰も知らなかったし、誰も見ていなかった。

やがて捜査は、打ち切られてしまった。パン屋が一軒、青果店一軒というような町で、それ以上捜査が長引けば、住人たちとその暮らしは崩壊しただろう。

青空を背景に、黒々とした大樹の影が重なり合う光景を思う。

「アウローラは、あのときから年を取るのをやめてしまったのかもしれない」

身籠っていたことも、そもそもそういう相手がいたことも、彼女の父親は知らなかった。近海より実入りのよい遠洋に出るようになっていて、彼は長らく不在だったからである。

今でこそ島の東南部の海を治めるようになってはいるが、アウローラの父親は島の出身者ではなかった。ナポリよりさらに南にある小さな島の出で、小学校もそこそこに漁師になり、十代のうちからあちこちに遠出をしていた。そして、大時化に遭う。気づくと、サルデーニャ島の岩壁下に流れ着いていた。

彼は島を取り囲む厳しい潮流を畏《おそ》れ、敬った。海への驚怖と命を救ってくれた島の守護聖人への報礼で、流れ着いたまま島で暮らし、懸命に働いた。漁師しかできず、漁にしか関心がなかった。海からの幸で生きて、漁をすることで海を監視して守っていくつもりだったからである。

腕のよい働き者が他所から来て、島に住む。

それを元々の住民たちは、どう思ったのだろう。

誰も知らなかったし、誰も見ていなかった。

「アウローラは三十を過ぎてから、結局、内陸出身の母方の遠縁と結婚してね」

マリーノも彼女の現在の夫とは、二、三度しか会ったことがないという。

一度だけマリーノに車で連れていってもらった、その内陸の町を思い浮かべる。数本の道が交差して、それぞれの沿道に古ぼけた店が並び、妙にけばけばしい洋装品や大型過ぎるテレビやソファが、ショーウインドウを飾っていたのが印象に残る町だった。何年か前から時間が止まり、安穏とした、でもこれといった魅力のないところだった。あってもなくても世の中は変わらない、というような町。

アウローラの、まだ見知らぬ夫とあの町の印象が重なる。


ミラノに帰る日が近づいて、アウローラはマリーノと私を自宅に招待してくれた。彼女の夫も半ドンで仕事を終えて帰ってくる、という。

アウローラと私たちはいつもの浜で待ち合わせて、波打ち際を歩いて家へ向かう。厳しかった日差しはすっかり萎《な》えて、秋はすぐそこだ。

彼女の家は、数列に並ぶ集合住宅の一画にあった。建て売り分譲だったのだろう。どれも同じ屋根で、小さな庭が玄関前にあり、ドアの色もノブの形も揃いである。

細面の中年男が、優しい笑みを浮かべて路上に立っている。アウローラの夫だった。

頭髪は薄く、金縁のサングラスをかけ、アイロンの筋が目立つポロシャツをズボンの中に入れて、細い腰にベルトをぎゅっと締めている。

いかにも実直そうに会釈をして、まずは妻アウローラを、そして私たちを家の中へと招き入れてくれた。

真っ白のソファに、手刺繍のカバーに入ったクッションが四、五個、きちんと並べてある。

アウローラは、家に入るなりそのクッションを持ち上げて軽く叩いて形を整え、元あったところに置き直しながら、

「昔、私が刺繡したの」

自慢げに言った。緑色の瞳は、空《くう》を泳いでいる。

家の中は、すべてそういうもので満ちていた。インテリアや食器は妙に若々しく、ロマンティックで、でも古くさかった。身籠ったとき、いっしょに暮らすつもりで集めていた物なのかもしれない。あるいは、時間の止まったあの内陸の町で買い揃えたのかもしれない。

妻の過去への想いに囲まれて暮らすのは、どういう気持ちなのだろう。夫は、客である私たちよりもアウローラを見つめるのに懸命である。

突然ソファの横で、ガサゴソと音がした。

白い大きめの鳥籠が、床に置いてある。何の鳥かと覗き込むと、隅のほうで白い塊が動いた。

「驚かしては駄目ですよ、人嫌いなんだから」

マリーノが私を制した。

アウローラが扉を開けて、そうっと白い塊を抱きかかえて見せてくれた。

それは、純白のウサギだった。

「静かだから飼っているの。でもね、ときどき思い出したように泣くこともあるのよ」

アウローラは大きな目を泳がせたまま、白くて柔らかなウサギに顔をすり寄せた。ウサギは赤い目で、じっとしている。

守と主

当初一、二年のつもりだったのに、気がつくともう六年目に入っていた。リグリアに引っ越しを決めたのは、かつて取材で訪れたことがあり、まるで見知らぬ土地ではなかったからだった。

何より、気候が良いのに惹かれた。典型的な地中海性気候で、真冬でも十五度以下の日は少なく、夏はカラリとした暑さの楽天地だった。平地が少ない地形のせいで、集落は海沿いから山間《やまあい》にかけて点在して、一カ所に集中する混雑がないのも暮らしやすい理由の一つだった。

海沿いに市道が一本あるだけなので、さばける交通量はたかが知れていた。新しい道を造ろうにもそもそも平地がないので、山側の高い場所に高速道路を通すしかなかった。小一時間ほど余計に走れば、南仏のコートダジュールが待っている。結局、小さな町は海を抱いたまま取り残されて、変わらないままぼんやりとしている。

市道から何本もの道が分かれ出て、それぞれ別々の山へと延びている。家を探すために、私はその坂道を端から順に一本ずつ上っては下るのを繰り返した。下から見ると同じように見えるのに、分け入ってみると山ごとに異なる表情を見つけ、そのうち家探しよりも山巡りのほうが面白くなった。

くねる道沿いに住居が並んで村となり、どこもたいした戸数はない。山道からさらに分岐して、小径《こみち》が延びる。鬱蒼とした緑の間に見える屋根は、いつの頃からかそこへ籠ってオリーブオイルやワインを造る個人農家だったりした。

バールの外の席で大きく組んだ足先から、磨き上げた靴にスーツと同系色の靴下が見えている。ランチタイム。サラダボウルを前に、携帯電話で英語を交えながら、さかんに打ち合わせをしている男がいる……。そういうミラノから引っ越してみると、とても同じ国とは思えなかった。

まもなく、人前でわざわざ声高に話すことこそ田舎臭いのだ、とミラノを離れて気がついた。

最初の一年目は、隣家のないところに住んだ。海の見える斜面に建つ集合住宅だったが、残りの住人たちは夏にしかやってこず、私は残りの十ヶ月、海を独り占めにした。

秋になってバカンス族が都会へ引き上げてしまうと、波の音が近づいてきて、海が静まると波頭を一つ一つ数えることができるほどだった。海と空が水平線で混じり合って濃紺になったり、月明かりが海面に金色の縞模様を作ったりするのを、時が経つのを忘れて見とれた。

裏斜面に苦労してアンテナを付けたのにテレビは映らず、いったん帰宅するともう町まで下りていくのも億劫で、家の窓からの眺めが唯一の娯楽だった。

海から風が吹き上がってくると、ざわざわと松の葉が擦《こす》れ合う音が聞こえ、濃い松脂《まつやに》の匂いも流れてくる。山から吹き下りてくる風には、ときおり馬の嘶きが乗ってくることもあった。山頂に住む若い夫婦の愛馬である。うちから最も近い隣家だった。

なかなかの借家住まいだったのに、二年も経たないうちに家を替わることになったのは、土砂降りで山から鉄砲水が出て、家が傾いてしまったからだった。若夫婦も山頂の自宅まで車では上れず、道や斜面が整備されるまで、山の頂と麓との往来に馬が活躍した。ぬかるみの坂道を、カッカッカッと強健な蹄《ひづめ》の音を立てて馬が上っていく様子は、間近に見ていても現実の光景とは思えなかった。

「こうなってしまっては、やはりミラノに帰るのでしょう?」

危険区域を示すテープが張り巡らされた私の家の周りを見ながら、若夫婦は残念そうに呟いた。

流木や泥でひどい状態だったが、水が引くのを待って片付け、あの穏やかな天候が戻ってくれば、まもなく元通りに地も固まるだろう。窓からの眺めや松の甘い匂いを置いて、見栄と喧噪に溢れるミラノに戻るつもりはなかった。

若夫婦にそう伝えると、二人は喜んだ。それまで隣人がいなかった夫妻は、山頂へ私を招待しては食事をともにしたり、車で近隣に住む親戚や友人たちの家へ連れていってくれたりしていた。私が地縁を持たない外国人であるうえ、彼らとは二十歳近くも年が離れていたのがかえってよかったのかもしれない。夫婦はリグリアの海や山のことを、地元の噂話を、田舎暮らしのコツを教えてくれ、私はミラノや東京のことを話した。共通の話題はあまりなかったけれど、相手の話すことには熱心に耳を傾けて、自分が話す番になると間違いがないように気をつけて話した。そしてしゃべり飽きると、窓から海と空と山を眺めた。身体の隅々まで沁み渡った、夜の空気の匂いを今でもよく覚えている。

鉄砲水騒ぎも一段落した頃、朝、家を出ようとすると玄関のドアが半分しか開かない。水が引いたあと土台が乾いて傾き、建て付けが歪んでしまったらしい。

さっそく山頂に報告すると、若夫婦はすぐに四方八方に連絡を取り、その日のうちに新しい借家を見つけてきてくれた。

「周旋業者の知らない物件が、このあたりにはまだたくさんあるの」

若い妻アリーチェは代わりの家がすぐに見つかって、少々誇らしげである。祖父母の代からの知り合いの家だ、と言った。

借りるほうも貸すほうも、一見《いちげん》の相手より気心の知れた人からの紹介のほうが安心である。

一帯は、年々過疎化が進んでいる。遠い親戚が遺した家屋や都会に移住していった息子の住居が空き家のまま、海辺にも山奥にも点在している。住む人がいないと、どれだけ念入りに管理をしていても、家は少しずつ傷んでいく。先祖代々の財産が、役に立たないままに朽ちていく。そのうち親族も離散したり老齢化したりで管理がままならず、持ち主があるのに廃屋になってしまう家も多い。

「それでもまだ海に近ければ、夏の間だけでも借り手が見つかるのだけれどね。山間ともなると、別荘としても住居としてもなかなかうまくいかないのよ」

トリノやミラノの人たち向けに別荘ブームが起きたとき、二つの都市から近く、海も山も備え気候も抜群のリグリアは、やっと巡ってきた商機に小躍りした。裏山、谷底、砂地、川辺、教会敷地内と、ところ構わず次々と家が建ち始めた。

自分たちが住むためではない。ろくろく基礎工事もせず、建材を極力節約し、短期間の工期で建ててしまう。安普請《やすぶしん》の目眩ましか、庭は花付きである。もともと温暖な土地なので、種さえ蒔《ま》いておけば花で溢れる庭ができるのだ。外観からは、やっつけで施工したとはわからない。

都会人たちはペラペラの新築を内見し、

「安いねえ、やはり田舎にはまだまだ出物があるのだなあ」

と、自分だけが掘り出し物を見つけてすっかり得した気分になって、購入したり借りたりしてしまうのだった。

数世紀の歴史を持つ堅牢な石の家は、新しい建て売りの背後で誰からも見向きもされずに、破れたドアを風に鳴らしている。

若夫婦が私のために見つけてきてくれた家は、まさにそういう古家のうちの一軒だった。辛うじてドアや窓は壊れていないものの、この十年あまり無人のまま放置されていたらしい。

「あのあたり」

アリーチェは、山頂の自宅から隣の山を指差した。

「うちよりも高いところにあるの。まだ小学校くらいのときに行ったことがあるけれど、見晴らしが最高だった」

あの家に住めるなんて、とアリーチェはうらやましそうに何度も繰り返した。数代にわたって一帯を治める地主の持ち家で、そもそも本宅として使われたことはなく、客間代わりに利用されていたそうだ。

こちらの山からあちらの山へ、山腹の道伝いに行けば二十分ほどだろうが、地盤が緩んだ後で、途中がどうなっているのかわからない。結局ぐるぐるとこちらの山を下って、またくるくると隣の山を上り、山頂にあるその古い空き家へ着いた。

日本の古城のように、建物の裾は地面から一メートルほどの高さまで積み石がしてある。人の頭ほどの岩が角を残したまま積み置かれ、大きな岩の間にはめ込まれた、中くらいの岩が周囲をしっかりと固め、さらに周辺の隙間に大小の石が詰めてある。岩や石だけの壁は、一つでも石が外れると全体の均衡が容易く崩れてしまうように見える。

「古代ローマ時代からの工法なので、だいじょうぶ」

怪しみながら壁を凝視していた私の背を叩いて、アリーチェは家の中へ入っていった。

建物の扉を開けると、いきなり階段だった。リグリアではよくある建築様式で、地上階には部屋がなく、家が始まるのは二階から上である。電気が切られているので、急な階段を上るにつれてだんだん薄暗くなり、小さな踊り場に着くともう真っ暗になった。アリーチェがライターを点けて、鍵を開けた。

私は、今上ってきた階段を転げ落ちないよう、両手を階段脇の壁につきながら家の中へ入ろうとした。触れた壁はつるりと滑らかで、ひんやりして硬い。石なのか。うっすらと濡れている。暗くて自分の手先もよく見えず、冷たく湿った感触に怖気《おぞけ》が走り、逃げ出したくなりながらもアリーチェに続く。

「わあ、あの頃のままだわ！」

よろい戸を思い切り開けて、アリーチェが叫んだ。

窓いっぱいの太陽。開け放った窓からは、松やオリーブの木々が古い木枠を縁取るように見え、真ん中に青が広がっている。空なのか海なのか。窓の右上のほうに、三角錐が見える。アリーチェの山。

「うちから手を振ったら、見えるかな」

馬の嘶きは、ここまで届くだろうか。

傷み具合は想像以上で、間取りも造りも勝手が良いとは言えなかったが、窓からの眺めに四の五の言わず、私は引っ越しを即決した。

鉄砲水で傾いた借家には、私が出た直後に裁判所から通告書が届いた。どうやら当局からの建築許可を受けないまま、勝手に建ててしまったらしい。別荘ブームに便乗し、基礎工事も省いて無認可の売り家を建てたのだ。投機目的ではなく、別荘と老後のために購入した大家は、通告書が届いてショックのあまり寝込んでしまった。傷んだ家を修繕しようとしていた矢先に、

〈即刻、建築前の状態に戻すこと〉と通告書にあったからである。

「『ここに着くとすぐに、トリノから連れてきた飼い猫がどこかへ行ってしまうのよ』と、嘆いていた別荘族がいたけれど、猫にはあの家が危険だとわかっていたのかもね」

アリーチェは、間一髪で私があの借家を出たことを喜んだ。

動物は天地の急変を察知する、というではないか。この引っ越しを機に、家の守《もり》となるような動物でも飼ってみようか、と私は考えた。


山頂を丸く囲むように小径が通っている。新居は一番高いところにあり、窓から首を出すと眼下に集落の屋根、先にオリーブ林と海を見渡せて、ちょうど舳先《へさき》に立つようだった。地主が、所有するすべてを、土地も木も人も、ぐるりと見張るために建てたかのようだった。

大半が空き家か、老人の独り住まいである。生活の音がない。集落内の小径は、徒歩でしか通れない。路線バスは、一日に三、四本だけである。唯一聞こえてくるのは、朝夕だけ鳴る教会の鐘と、風が山を抜けていくときに揺れる木の葉や窓ガラスの震える音くらいである。

カタリ。

ある夕方、風の連れてくる音とは違う、小さな物音が聞こえた。

風が出たのか。

そう思ったとき、目の端に茶色の塊が階段のほうへ走り抜けていくのが見えた。

最上階には、幅一メートルほどのベランダがある。高い見張り台のような家なのだ。無人に近い集落で、泥棒の心配は無用。窓は、開けたままにしてあった。山と海からの風が交互に家を通り抜けるのが、何とも心地よいからだった。

茶色を追って最上階へ行くと、ベランダの手摺りに一匹、屋根にもう一匹、窓の桟にも一匹、猫がいた。三匹は私を見ても、逃げもしない。むしろ、それぞれの場所に改めて座り直し、さて、と揃って私を凝視したように見えた。

猫が苦手である。こちらを見ていたかと思うと、次の瞬間にはもう見向きもしない。かまおうとするとかわされ、忘れると寄ってくる。私には猫との距離感がつかめないのに、あちらにはこちらがお見通しである。同等に付き合えるようでいながら、その実いつも値踏みされているような感じがして、苦手なのだ。

それが三匹も、わが家に来ている。堂々とした体軀。しかし太り過ぎではなく、俊敏である。野良になって長いのだろう。明らかに、その三匹は私が来るずっと前からの、この家の主なのだった。

鼻先を鳴らすように茶色が短く啼くと、残りの二匹は顔を見合わせるようにしてゆっくり立ち上がり、慣れたふうに手摺りをひょいと飛び越えると、屋根の向こうへ消えてしまった。

せっかく大自然に囲まれたところで暮らすのだ。犬を飼おう、と張り切っていた私は、猫たちの登場で何となく出鼻をくじかれた。三匹は、これ以上の新参者を認めない、という態度だったからである。

「三匹だけで済んで、よかったわね！」

アリーチェは、電話の向こうで大笑いした。集落には、住人よりも野良猫のほうが多いくらいなのだ、と言った。

「一人暮らしの老人には、何よりの話し相手なのよね。それに……」

口籠っている。

「……それにね、すぐ脇にゴミの集積所があるでしょ？　狙ってやってくるのよね」

アリーチェが口籠る。

カラス？「いや違う」

狸？「それでもない」

行ってみればわかる、とことばを濁すので、見てくることにした。


数えるほどの住人しか残っていないというのに、ゴミが山積みされている。収集日は明後日だったか、その次の日か。それまで大量のゴミはそこに残る。半透明のゴミ袋からは、野菜屑《くず》や菓子袋が透けて見えている。他所者による不法投棄らしい。日が照れば、腐るだろう。ゴキブリでも出るのだろうか。

うんざりした気分で家に戻ろうとしたそのとき、足元に目にも留まらぬ速さで、白っぽい小さなものが走り出た。

ネズミ！

すると、四方から数匹の猫がわっと跳び出した。瞬く間にネズミは姿を消している。猫たちは、逃げたネズミを追って向こうへ走り去っていった。

ミラノで運河沿いに住んでいたとき、猫がのろのろと車道を横切り、危ない、と思うことが頻繁にあった。大きな野良猫だと見ていたのが実は大ネズミだ、と後で知った。運河の通る地下には、壕《ほり》や何本もの地下道が残っている。大ネズミの地下王国なのだという。それ以来、間近でネズミを見かけていなかった。

「あれだけ小さいと、壁の隙間や屋根から簡単に家の中に入ってくるの。猫が三匹も居着いていて、助かったわね」

アリーチェは平気な顔で言った。

猫三匹との付かず離れずの生活が始まった。

うちの飼い猫ではなく、家の守である。猫なのか私なのか、どちらが家主かわからない。餌をやっていいのかどうかも、わからない。乾きものなど下手にやれば、鼻を鳴らされそうである。三匹とも自活の自信に満ちた顔つきで、小皿にキャットフードなど空けたら、馬鹿にするな、と叱られそうだった。

最上階のベランダ近辺が、猫たちの定位置らしい。いつの間にか現れては、それぞれ好きな方角を向いたままじっと座っている。ネズミを退治してはもらいたいけれど、猫にベランダを占拠されるのも無念である。猫たちが戦利品をベランダに放っておくようなことがあったら、どうしよう。

いろいろと思案しているところへ、アリーチェが訪ねてきた。いいことを思いついた、とニコニコしている。

「あちこち跳び回らず、鳴き声も立てない。ネズミも猫も嫌がるような動物がベランダにいればいいのでしょう？」

これはどうかしら、と手にした籠を持ち上げた。

編み目の隙間から覗くと、ニョロリ、細いヘビがいた。

全身の冷や汗が引いたところで、いったいどこからそれを、と問うと、

「建物の土台になっている、あの岩壁の隙間にいたの。何世紀もの湿気が沁み込んでいて、冬は暖かくて夏はひんやりしているでしょう。代々ずっと、この家の地下深くに棲みついてるみたいよ」

人間は咬まないからだいじょうぶ、と無邪気に籠を開けようとするアリーチェを制して、安普請であっても人間が家主になれる借家を探してもらえないか、と頼んだ。

要るときに、いてくれる

いつもは花屋で会うリア夫人と、その朝は鳥肉店で行き合った。

黒のダウンコートに寒色の花柄のショールを合わせて、コートの裾から濃いグレーのスカートが少し、見えている。

この寒さに高齢の女性が薄いストッキングにローヒールだなんて、と遠くからスカート姿が目について、リア夫人だと気がついた。

雨が降っても雪の日でも、リア夫人は決してブーツやゴム長靴を履かない。膝下のラインが彼女の自慢だからである。知り合って長いが、これまでに彼女のパンタロン姿を一度も見たことがない。

「シチメンチョウかキジのささみを百グラム。薄切りにしてくださいな」

小柄な彼女は支払おうと背筋を伸ばすが、それでも上段にあるガラスケースの上にやっと手が届くか、というふうだ。

今日は珍しく鳥肉料理ですか、と私は背後から声をかける。

「まあ、ちょうどよかった。ぜひあなたにも紹介したいと思っていたところでしたのよ」

新しい同居者に引き合わせる、と誘われて、買い物の帰りに彼女の家へ寄ることになった。

相変わらず、エレガントな人だった。九十歳を超えているらしいのに。

晩秋だというのにひどく冷え込んで、私は長いダウンコートに裏毛のついたブーツ、ニットのパンタロンに毛糸の帽子を深く被っている。それでも震えるほどなのに、彼女は市場から出ると、襟元のショールを少し上に引き上げただけで、少しも動じないで歩き始めた。

革手袋の上からでも、リウマチで指が曲がっているのがわかる。寒いなか、痛みも強いだろう。いくら私が、荷物を持つ、と言っても、

「分けて両手に持つと、バランスが取れて歩きやすいから」

と、頑として頼らない。雪になる前に帰ろう、とむしろ歩みを速めるのだった。


近所の精肉店の主人から聞き知った、若い頃はなかなかの舞台女優であったこと、一人暮らしらしいこと、などわずかばかりのこと以外、詳しくは知らない。市場で何度か顔を合わせるうちに、ときどき互いの家でお茶や食事を共にするようになった。近所どうしで、二人とも小さなベランダを持ち、そこで育てる植木や花を見に立ち寄る付き合いである。

リア夫人は、いつも一人だ。

もう長いこと、一人暮らしらしい。ちらりと目にした水屋の中には、コップも皿も四、五人分ずつ入っているだけ。名品を選《え》りすぐったというわけでもなく、スーパーマーケットで手に

入るような日用使いのものである。台所に置いてある円卓に着けるのは四人だけなので、そこで使える数しか置いていないのだろう。

さまざまな生活の場面で使う雑貨まで、衣服や靴を揃えるように色調や模様を揃える家が多いなか、一つの種類を数点に絞って持つ、というのは珍しい。

「本当に必要なものなんて、意外と少ないものなのですよ」

どうということのない白の平皿と不揃いだけれど銀製のカトラリーを合わせて、彼女はまったく意に介さない。

イタリアでは居間や寝室にたいてい、家族の写真が額装して並べてある。洗礼を受ける赤ん坊、〈怪傑ゾロ〉の変装で得意気な男の子、バースデーケーキのロウソク、南洋の夕焼け、クリスマスツリー、スノーボードでジャンプ、ライスシャワーとウエディングドレス……。

一家の晴れがましい瞬時を数十年分まとめて見るのは、回り灯籠《どうろう》を眺めるようだ。

ところがリア夫人の家には、居間のガラス棚の中に、親指大の写真が二、三点あるだけである。古く、色褪せて輪郭もぼんやりとしているので、目を凝らしても、写真の中の女性に彼女の面影があるのかどうかすら、よくわからない。

室内は、素っ気ないほどがらんとしている。暗い色調の風景画が一枚かかっているだけで、壁は空いている。置き時計や花瓶、人形のような飾り物は一切なく、ソファの前のコーヒーテーブルに、クリスタル製の灰皿があるだけだ。

伝統様式を重んじるという雰囲気でもなく、かといって簡潔な現代ふうでもなかった。居心地より見栄が鼻につく住居とは違って、使い慣れたものに囲まれて手の届く範囲で暮らしているのが、よくわかるのだった。

暮らしに置く重点が、違うのだろう。

老いてもヒールを脱がず、毎日買い物に出かけ、新鮮な食材をその日の分だけ求めて、帰りがけに行きつけのバールに寄る。

「いつもの通りですね？」

孫ほどのバールマンが、薄めのエスプレッソコーヒーに泡立てた熱々の牛乳を少し加えて出す。二言、三言の雑談。

さっと湯がいた青菜、あるいは完熟手前のトマトのくし切り。カルパッチョかバターで揚げたカツレツ。夜は、温めた牛乳にビスケット。ワインなら赤。冷蔵庫には必ず、フランス製シャンパンを一本。そして、植木。毎春きまって植木屋がゼラニウムを植え替える。ベランダに移ろう季節とそこで飲むお茶。

界隈の親しい人たちはリア夫人のことを、〈回帰点〉と呼ぶ。身繕いや話し方、日々の習慣は不変であり、周りをほっとさせ、たどり着く確かな場所のように思うからだろう。

それは、母親のような存在。

皆から頼りにされる彼女自身に、家族に繋がるようなものが見当たらないというのは、不思議だった。意図して、隠してしまったかのようにも思えた。

鳥肉のささみと植木を玄関に放り出して、リア夫人が抱きしめた同居者は、褐色の猫だった。ニィニィと細い啼き声をあげ、胸元で猫はじっとしている。痩せて緑色の目が目立つが、毛並みには艶があり美しい。喉元を撫でようと私が指を寄せると、思い切り爪を立てられた。

前回、夏前に訪れたときと家の雰囲気が変わっている。

部屋に沈んでいたモスグリーンのソファには、レモン色のタオルケットが掛かり花が咲いたようだ。猫が引っ掻いたのだろう。ほつれた糸が方々から垂れ下がって、雑然としている。コーヒーテーブルや本棚、床のあちこちに、ピンクやブルーの毛糸玉が散在している。

「おいで」

リア夫人は嬉しくてたまらない顔で、ソファ横の籠から灰色の紐を引っ張り上げてみせる。ニョロリとゴム製のネズミが出てきて、私はぎょっとする。胸の中の猫は、ニィとはしゃぐ。買い物袋を玄関口に置いたまま、私は背後に忘れ去られたまま、リア夫人と猫は遊びに夢中になっている。

もう何年も前から、リア夫人はバカンスに出かけない。夏が花盛りのゼラニウムの水やりが心配だし、何より空き巣狙いが怖いからだ。

彼女の家は、ふだんでも人通りの少ない裏通りに面している。八月、町から人がいなくなり店も閉まってしまうと、裏通り側の窓を破って侵入されても誰も気づかない。防犯ベルや監視カメラなど、八月のミラノではあってないようなものである。保険会社に直通する警報装置の切断方法を、盗人たちは心得ている。

一年を通してイタリア半島には、おびただしい数の不法入国者がやってくる。ボロボロの古船にこぼれ落ちんばかりの人が乗って、半島を目指す。大きい船のまま陸に近づくと見つかってしまうので、外海で数人乗りのゴムボートに分乗する。

食料も水も積まず、海水をかぶり、手漕ぎで夜の海を掻き分ける。ゴムボートは定員を超える人の重さに揺れ、半分沈み、わずかな潮流の変化や高波で転覆してしまう。若くて強健な働き盛りの男たちばかりではない。幼子から身重の女性、病人や老人と、海を渡ってくる異邦人はさまざまである。溺れてしまう者もあれば、泳いでたどり着く者もいる。

どの人も、イタリアを地上の楽園だと信じてやってくる。沈んでしまうかもしれない危険をものともせずに船に乗る。それほどまでにイタリア行きを渇望するのは、彼らには戻れる祖国がもうないからである。

「イタリアに漂着すると、地元警察や教会に保護される前に、内陸へ向かって逃げに逃げるのです。忍び込んだ長距離トラックが冷凍車で、凍死して着く者もいる。目指すのは北部。ミラノは人混みに紛れ込めるし濃霧で身を隠せる、ということらしいの」

不法入国者たちは、廃屋や高速道路の橋の陰、岩窟の中へ逃げ込む。

八月は、ミラノが丸ごとゴーストタウンと化している。一人暮らしの高齢者の家は、狙われやすい。悪党たちは見張り役を立てて、住人が不在になるのを見計らって留守宅に侵入し、占拠する。いったん占拠されると、それがたとえ不法入国者でも、その〈生きる権利〉が優先される。イタリアは人道主義なのだ。

半島側には彼らに手引きをする輩が、裏にいる。黴《かび》がいったん生えると、あたりを覆い尽くすのはあっという間だ。

「どれだけ厳重に戸締まりしていっても、狙われたらもうおしまい。バカンスから戻ってきたら家がなくなっていた、なんて、とんでもないわ」

頭を振って、リア夫人は苦笑いする。

混雑する海や山で過ごしながら家の心配をするより、誰もいないミラノに残って家を守るほうが、のんびりできるのかもしれない。

年齢のこともあった。身一つとはいえ、高齢の身体でキャリーバッグを引いて駅まで行き、電車に乗って他の町へ移動するのは骨が折れた。何人かいた旅の連れも、諸事情で自由に動けなくなった。元気で気ままに動けるのは、もうリア夫人だけになってしまった。

「長生きできて好運だけれど、ときどき、ひどく退屈になることもあるのですよ」

リア夫人が夏の間ミラノから離れないのを知って、建物内の住人たちはあれこれ気を遣ってくれる。

「明日から私たちは三週間ほど海に行くのですけれど、リアさん、お一人でだいじょうぶですか？」

心配した隣家の主婦は、ミネラルウォーターや洗剤などを買い溜めしてきてくれ、親切だ。

礼代わりにワインでも一本、と台所へ行こうとするリア夫人を引き止めて、

「そんな、いいんですよ。お気遣いなく。ただ、あの、ときどき郵便受けを見ていただいて、玄関前の電灯を点けたり消したり、もし怪しい物音を聞いたら連絡してくださると助かるんですけどねえ」

主婦は言う。そのまま立ち話が長引けば、頼まれごとはもっと増えそうだ。

しばらくするとブザーが鳴る。上階のアパートに下宿している女子学生が三人。

「今、焼いたのでどうぞ召し上がってくださいな」

スポンジケーキを横二つに切って、はみ出すほどにチョコクリームが挟んである。三人とも地方出身で、今晩の夜行で帰郷するらしい。

「大学は十月からだし、電源を切っていくので」

この数日で使いさしの食材を順々に片付けて、今日は最後にケーキを焼いたらしい。

中の一人がモジモジと言い難《にく》そうにしている。

どうしたの？

「先週ボーイフレンドと別れたのですが、彼に合鍵を渡したままになっていて。玄関の鍵は替えましたが、建物の入り口のは勝手に替えられませんし……」

元恋人が、家の玄関口まで上がってくるかもしれない。騒ぐようなこともあるかも、と心配している。

だいじょうぶ、任せなさい。

リア夫人は、若い子たちを笑って見送る。

階下で呼び止められる。

一階に住む、門番夫婦も田舎に帰る、と言う。

「毎夏ここにお残りになるのは、リアさんだけですのでねえ。ゴミ出しも建物の玄関口や階段の掃除も、今年は休ませてもらうことになりました」

申し訳なさそうに、市役所が配る分別ゴミ出しの日程表をリア夫人に渡す。早朝ゴミ回収車が来るまでに、自分で表通りまでゴミ袋を出しに行かなければならない。

〈ニンニクに鷹の爪のスパゲッティ、パルメザンチーズでしょ、皮ごと食べられるスモモもいいかも。種はベランダに蒔いてみよう〉

捨てる部分の少ない食材を使ったメニューを思い浮かべる。

〈さて、次は誰かしら〉

夕立が降っている。激しい雨足だ。カタカタと小さな音がしている。中庭に面した窓が突風で開いたのかもしれない。踊り場に雨が吹き込むと、拭き掃除をする人もなく厄介だ。

リア夫人が家の玄関を開けると、足元に籠が置いてあった。布切れを敷いた籠には、猫が一匹入っていた。

〈これからバカンスへ出発、という間際になって宿から猫同伴を断られちゃった。どうかお願いいたします！　ゼーノより〉

五階の男性で、くっついては別れ、見つけてはひっつき、を繰り返している。付き合う女性は皆、猫好きらしい。階段ですれ違う猫が昨日と違う、と思うと、五階の同居相手も入れ替わっているのだった。

ゼーノは三十そこそこと若く、法学部を皮切りに文学部、経済学部、建築学部と渡り歩き、どの学部でも長続きせず、数年前から大学は諦めて、配水管の詰まりやペンキ塗りなど雑多な用事を引き受けるようになった。職能習得のための学校へ通ったわけではないが、日常生活の支障を手際良く修理するので、近所の人たちはゼーノを重宝している。資格も免許も持たないので、仕事はすべて闇業である。ちょっとした問題を、ゼーノはすぐに気安く廉価で解決してくれるので、闇であろうが正規であろうが近所の人たちは気にしていない。むしろ本職たちよりも忙しい。何年もかかって大学で勉強したところで、ぱっとしない成績なら就職もままならなかっただろう。

「僕、大学を辞めて本当によかった！」

ゼーノは嬉しそうだが、付き合う女性は大学時代の旧友たちで、汚れた作業服で帰宅する彼を見るうちに、次第に不安になるらしい。

朝早く、ゴミ置き場に猫用の砂袋ごと捨ててあるのを見て、ゼーノがまた別れたのを他の住人たちは知るのだった。

その猫は、これまでのどの猫よりも長く滞在している。

昨冬ようやく霜も下りなくなった頃だったか、出かけようとしてリア夫人はその猫を階下で初めて見かけた。目の前を音も立てずに猫が走り抜けて、階段を上っていった。

黒だったか、焦げ茶だったか。

黒猫が前を横断するのは不吉の前兆、という迷信がある。験《げん》を担ぐわけではないけれど、リア夫人は何となく嫌な気分になり、外出を見合わせていったん家に戻った。そのあと天気が崩れて、春の雪となった。出かけなくて助かった。

〈猫のおかげだわ〉

以来、踊り場の隅にキャットフードを置いている。

見ると皿は空になっているけれど、姿は見かけない。なついているような、なつかないような。

〈ゼーノの恋人は、この猫に似た女性なのだろうか〉

リア夫人は外から戻ると、ときどき視線を感じることがある。踊り場に立って階下や上を見回すが、誰もいない。しばらくして、上のほうでカタカタと小さな音がして、ああ猫だったのか、と知るのだった。


有無を言わせずゼーノが置いていった猫との同居は、最初は簡単ではなかった。籠の扉を開けたとたんに猫は外へ飛び出して、そのまま行方知れずになったからである。猫の啼き声を真似て、ソファやベッドの下を覗き込むが、見つからない。途方に暮れて、思い立って、冷凍しておいたイカを網で焼いてみる。すると、ベランダの手摺りの向こうに光る目が現れるのだった。

それを繰り返して、八月を過ごした。

独りは独り。一匹は一匹。

リア夫人の家は中二階なので、窓やベランダへのドアにすべて頑丈な鉄格子がはまっている。猫と風だけが出入り自由である。

入って、通り抜けて、出ていく。

必要に応じて共同で暮らし、不要なときは互いに干渉しない。

リア夫人は、猫との同居が気に入った。


不測の事態は、八月半ばに起こった。明け方に突然、リア夫人は激しい腹痛に見舞われた。やっとの思いで救急車を呼び、表玄関を解錠して、踊り場に出たところで気が遠くなった。

サイレンの音。

隊員の短いことばの掛け合い。

耳元の、「もうだいじょうぶですからね」。

そして、ニィニィ。

病室で意識が戻ったのが、いつだったのか、リア夫人にはよくわからなかった。急性腸閉塞でどうやら手術もしたらしい。看護師や医師たちがいろいろと説明したが、ぼんやりしてよくわからない。

多くの民間診療所が閉まってしまう八月は、急患扱いでないような人まで救急病院に駆け込んでくる。やれ腹痛だ、ドアに指をはさんだ、頭を打った、と廊下まで人が溢れている。ぼんやりと横になっているリア夫人のところまで、カーテン越しに筒抜けで問診が聞こえてくる。

「あなた、たしか先週は捻挫でいらしてましたよね。その前は腹痛でしたっけ？　で、今度はいったいどこが悪いんです？」

ことば遣いは丁寧だが、看護師は詰め寄るように問うている。相手は、イタリア語がうまく話せない。何かたどたどしく言いながら、

「ココが、イタイ！」

で、語尾を締めくくっている。

リア夫人の様子を診に来た看護師が、

「真夏は、難民キャンプです」

呆れ顔で言う。

ミラノの病室で、町の抱えるさまざまな問題を見聞きするとは思いもよらなかった。

〈何という八月なのかしら〉

小さく声に出してみて、はっと我に返った。

猫！

私の家！

救急車で運ばれたとき、家に鍵をかけてこなかった。

「すみませんが、今日は何月何日なのでしょう?」

倒れてからもう十日も経ったと知って、リア夫人は再び気を失った。


「ああ、つい。ごめんなさいね」

猫とじゃれ合っていたリア夫人は、後ろで立ったままの私のほうを振り返ってすまなそうに言う。それでもまだ猫を撫で回すままで、猫もゴロゴロ喉を鳴らし続けている。


リア夫人の退院に付き添ったのは、ゼーノだった。

夕食後にかけても起き抜けにかけてもリア夫人が電話に出ないのを心配して、ゼーノは休暇を切り上げて帰ってきた。猫を押し付けて後ろめたく、バカンス先から毎日欠かさず連絡を取っていたのだ。

住人たちのいない建物はがらんとして、男のゼーノにとっても薄気味悪かった。階段を上っていくと、聞き慣れたニィニィという啼き声を上げながら、矢のように猫が走り下りてきた。怯えていて、なかなかそばに寄ってこない。

急いでリア夫人の家へ上がっていって、突発的に何か起きたことを知ったのだった。

「ゼーノが帰ってきたときに、この子、両前脚の爪がすべて剝がれて歯も折れていましてね」

彼女が病院に運ばれていったあと、猫は主のいなくなった家の守を必死でしたらしい。窓もガラス戸も玄関も開け放したままで、主はいなくなってしまった。猫は、裏通りから中庭、ベランダから上階、屋根から表玄関へと八面六臂《はちめんろっぴ》に立ち回っていたようだ。

怪しい者を見つけ、顔面に飛びかかって爪を立てたのだろうか。

「窓の桟から玄関扉、階段の手摺り、ベランダの植木の幹、と、ほうぼうにこの子の跳び回った痕跡がありましたのよ」

そうだったのか、と聞きながら、私は先ほど爪を立てられた指先を見る。

ゼーノに頼んで、リア夫人は猫との暮らしを変わらず続けている。猫は五階と中二階を往ったり来たり、気分任せで住み分けている。

今年は秋から、リア夫人はパンタロンも穿くことに決めたという。

「だって戯れ付かれると、ストッキングの替えがいくつあっても足りませんからね」

そう聞いて、老夫人を来たる寒さから守ろうとする猫の深慮を知る。

嗅ぎ付ける

ルイザは、まだ喋り続けている。

私も犬もすっかり持て余してしまい、ときどき適当に相槌を打っては、聞いているふりをしている。

半年に一度、飼い犬の予防接種のために、獣医であるルイザはうちまで訪ねてきてくれる。

数ヶ月前に彼女は診療所を閉じ、診察治療は訪問に限るようになったからだ。

イタリアの財政が危機に瀕し、税制が変わって以来、自営業者の大半が重税に喘《あえ》いでいる。開業医もその例外ではない。ペットを飼う人は多くて仕事はあるのに、働けば働くほど税金や必要経費に吸い取られるばかりで、ついにルイザは首が回らなくなってしまった。

やむなく診療所を閉めて当初は気落ちしていたようだったが、訪問診察に切り替えてしばらくすると、見違えるように元気になった。犬から猫へ、猫からオウムへと訪ねて歩く毎日は、気分が変わって張り合いもあるのだろう。診てもらう側も、具合の悪いペットをわざわざ診療所まで連れていかずに済むので、ルイザの往診は重宝されているようだった。

強いて不都合があるとすれば、診察にかかる時間は変わらないのに、そのあとの飼い主との四方山話《よもやま》に時間を取られ、診て回れる数が限られてしまうことだろうか。それでも、税金と従業員の給与のために髪振り乱して働いていた頃と比べれば、ゆったりした人間らしい時間を過ごせるようになって、ルイザは動物たちに感謝している。

「……それでね、すっかり父は疑い深くなってしまって」

もう小一時間にも及んで、ルイザは老父の話をしている。

彼女の父親は、消化器系の専門医だった。国立病院の医長まで務めあげた、内外にもよく知られた名医だったと聞く。祖父も、曾祖父も叔父たちも皆、医師という一族に生まれ、彼にとって医業は天職のようなものだったのだろう。

ところが退職がきっかけで、調子が狂った。

大学からの誘いもあったが、父親はきっぱり引退した。海にも山にも、南欧にも南米にも別荘を持ちながら、現役時代には落ちついて休暇を取ることがなかった。患者たちから離れるのが、気がかりだったからだ。働き詰めだった。けれども医者ならそれが当たり前、という家風で育ち、少しも苦痛に思ったことはなかった。

〈余生は、家族のために暮らしたい〉

元気なうちに仕事を辞めて、妻や娘のルイザ、孫たちと各地に持つ別荘や景勝地を回って過ごすことに決めたのである。

「でも、父が張り切って海へ山へと出かけていったのは、退職してから最初の三ヶ月だけだった。読書も映画も美術も音楽も、海も山も、ヨットも馬も、母も私も、父の退職後の時間を満たすには物足りなかったのよ」

朝起きて、新聞を読む。身支度をする。使い込んだ革製のドクターバッグ。ピカピカに磨きあげられた靴と車。

しかし、行く先がない。

電話がかかってこない。携帯電話は二台。昔のポケットベルも、まだ大切に取り置いてある。病院ではいつも一台は首から提げ、もう一台は胸ポケットに、三台目はズボンの尻に入れていた。

外食。週末の小旅行。骨董店巡り。ワインの買い付け。孫のバレエ発表会。理髪店で髭でもあたるか。

手帳を埋める予定は、どれも他愛無いものばかりである。

三代にわたって診てきた、患者の家族の顔を思い浮かべる。新米医師の緊張した手先。自分が辞めた日の、看護師長の不安げな目。

〈皆、私無しで、どうしているのだろう〉

何をしても、気が入らない。美しい景色には、すぐに飽きてしまった。

そしてある朝、父親は激しい腹痛に見舞われた。二つ折りになって冷や汗を流す様子に妻は驚いて、救急車と娘を呼んだ。

「それ以来、激痛、救急病棟に運ばれては集中治療、小康状態になると大事を取ってそのまま入院。そして退院。痛みの再来を防ごうと、精密検査。異状がないと安心していると、再び激痛、で、救急車。この繰り返しなのよ」

運ばれていく先はもちろん、かつて自分が働いていた病院である。しかも病は、腹なのだ。自分の専門である。病棟は、隅々まで知り尽くしている。現在の勤務医たちを教え、育てたのは、彼自身なのである。

それなのに完治せず、痛みは繰り返し襲う。でも毎回の検査結果は、〈異状なし〉。

〈いったい、何を診ているのだ〉

最初は全幅の信頼を寄せて任せていたが、そのうち診たてや治療方法がおかしいからではないか、と疑うようになった。

「馬鹿馬鹿しいでしょ。だって診察も検査結果の解析も、父から習った通りに教え子たちはしているのだから、疑うのは自分で自分の足跡を踏みにじるようなことだものね」

ルイザは鬱陶しそうに言う。

腹痛の原因は、単純だった。父親の、気の病いである。

担当医も看護師たちも皆、最初からわかっていた。わからないのは、患者本人だけなのだった。

老父は、病院に戻りたいのである。自分の居場所はもうない。若くて優秀な後継の医師たちが揃っている。病院は、かつての仲間を訪ねて茶飲み話をするような仕事場ではない。皆、忙しい。

老父の腹が、彼の仕事への強烈な郷愁を代弁しているのだろう。

正々堂々と病院を訪ねていけるように、自分のいた専門棟へ行けるように、腹を激痛が襲うのだった。

そもそもどこも悪くないので、病院に着きさえすれば、痛みはすぐに消えてしまう。

個室に移った父親をルイザが見舞うと、嬉々とした思いを見せないように、父親が懸命に取り繕うのがわかる。

「や、ドクター、往診ご苦労さん」

などとつい軽口を叩いて娘を迎えるほど、父親は上機嫌である。勘当したことなど、すっかり忘れたかのようだ。

「飼い主から緊急で呼び出されて大急ぎで診に行くと、それまでぐったりしていた犬がいきなり元気になって、家じゅうを駆け回ったりすることはよくあるのよ。それとそっくりじゃない？」

厄介なのは、父親は仮病ではなく本当に痛むということ。のたうち回る老父を、〈またか〉とそのまま放っておくわけにはいかない。

忙しいのに往診先が一つ増えてしまって、とルイザはさきほどから愚痴をこぼしているのだった。

「ああ、よくわかる！」

翌朝いつもの通り犬を連れて近所の公園に行き、顔馴染みの犬連れたちにルイザの老父の話をしたところ、そこにいた全員が異口同音に同意して頷いた。

一人は、ペルーからイタリアに働きに来たルーシーである。

四十過ぎで、同国の夫との間にはイタリアで生まれた高校生の娘がいる。連れてくる犬は、老いた雌のラブラドールレトリーバーだ。よくなついていて、リードを解いても彼女の横にぴたりと付いて歩く。毎朝一分の遅れもないほど、定刻に公園にやってくる。イタリアに住んでもう二十年近くになるというのに、いまだに強いスペイン訛りが抜けない。けれどもそれがまた愛嬌で、几帳面で頑《かたく》なな性格らしいが、朴訥とした印象を与えている。

リードをつけずに連れているので、てっきり飼い主かと思っていたら、ラブラドールは彼女の勤務先の飼い犬だという。

「旦那様が会社を坊ちゃんに任せてから、奥様と二人で長期のご旅行に出るようになって。ミラノに戻っていらっしゃるのは、数ヶ月に一度。任せた会社のことが気になって仕方ないらしく、暇に飽かせてつい余計な口出しをしないように、なるべく遠くへいらしているのです」

それで自分は雇われたのだ、とルーシーはラブラドールの横腹を優しく叩きながら言った。

「それは心得のあること！　うらやましいですな」

困惑気味の顔で言うのは、アントニオである。

スペインはバレンシア出身の元船乗りで、この春に七十八歳になった。小柄ながら、まっすぐの背筋に短く刈り上げたごま塩頭は精悍《せいかん》で、到底、その年には見えない。十代半ばからずっと海の上で生きてきた、と聞いた。遠洋への貨物船やタンカーばかり乗ってきたらしい。なぜスペイン人の元船乗りが、今ミラノで暮らすのか。朝の公園で会うだけで、ときおり漏れ落ちるように昔話の一端を聞いてはいるものの、詳細は知らない。

アントニオとルーシーの間ではスペイン語で話ができるというのに、訛ったイタリア語で話す。他の人を慮っているのだ。二人の異国人としての遠慮を垣間見るようで、切ない。

「うちのジョヴァンナさんは、意地でも仕事は辞めないだろうね。会議の卓上で大往生したい、とよく言ってるくらいだからな」

ジョヴァンナというのは、アントニオの雇い主である。八十歳をとうに超えている。ずっと独身。一人で興した投資コンサルタント会社で、未だに現役である。昔のイタリアで、女性が事業主となることは、容易くはなかっただろう。

「そりゃあもう、鉄より硬いよ」

荒海を相手にしてきた老船乗りが、感心するほどなのだ。相当の人物に違いない。

「とにかく、人を信じない。人当たりは柔らかで上品だけど、目はいつも氷のようでね。『血縁が一番危ない』と警戒して、親族は一人も採用してこなかった。秘書もつけていないよ」

自分が採用されたのは奇跡のようなこと、とアントニオは言う。

公園から二区向こうの屋敷街に住んでいる。最初アントニオは、家の雑用係として雇われた。出張への送り迎えやベランダの植木の手入れが主な仕事だった。そのうち、アントニオが料理もできることを知ると、家事から犬の世話までも任されるようになった。長年にわたる船上生活で、彼が力仕事から身辺の細々したことまで一通りこなせるのがわかったからである。

「この間、浴室の警報ブザーが鳴ったので、すわ倒れたのか、と駆けつけたら、バスタブから片脚を出されてね。脱毛を手伝って、ときたもんだ」

まいったよ、と頭を掻いて困ったふりをしているが、まんざらでもない様子である。親族すら信じない、やり手の実業家からそこまで信頼されるのは、アントニオがそれだけ誠実に尽くしている証だからだ。

脇で何度も頷きながら話を聞いているのは、エンマである。

六十に近い彼女は、公認会計士である。揃って会計士だった両親が事務所を立ち上げ、一人娘の彼女は親から仕事を習い、仕事をしながら親の面倒を見て、父親を見送り、老齢で引退した母親から事務所を引き継いだ。

「人のお金の計算をしているうちに、ふと気づいたらこの年よ。引退したのは書類上だけで、毎朝変わらず母は事務所に出てきては、逐一目を通して細かな指示を出してるのよ」

同じ家で寝起きし、一日じゅう事務所でともに過ごし、仕事で叱られ、家事で文句を言われる。唯一エンマが一人になれるのが、早朝と夕食後の犬の散歩のときなのだった。

「皆さん、うらやましいわ。どなたも生活には困っていないようですからね。老いて仕事から離れてさみしい、だなんて、まったく贅沢な悩みですよ」

さみしげに、けれどもどこか棘《とげ》のある口ぶりなのが、ラウラだ。

いつもなら公園入り口にラウラの姿が見えると、それまで楽しく立ち話をしていても、皆、申し合わせたようにそそくさと公園から出ていってしまう。今朝は話に気を取られていて、気がつくのが遅れた。

ラウラは天候や季節にかかわらず、大きなサングラスをかけている。いつも不機嫌そうに、ブツブツ独りで呟いている。何を言っているのか、うまく聞き取れない。表情も見えないうえに声も通らない。皆、敬遠して、曖昧に挨拶するのにとどまっている。

「先月まで私は、妹といっしょに店を持っていたのですけれどね」

アントニオがうんざりした顔をこちらに向け、小さく顎をしゃくってみせ、もう帰るから、と目配せしている。

ラウラは、ブツブツと話し続ける。

「この不景気でしょう？　潰れてしまいまして。手作りのバッグやアクセサリーを売ってたんです」

そう言いながら、肩にかけていた布鞄からファイルを取り出す。表紙には、〈私たちの作品カタログ〉とある。

優しいペルー人のルーシーは、

「〈作品〉だなんて、すごいわ。作家さんなのでしたか。うちの娘や友だちが、興味を持つかもしれませんわね」

会計士エンマもチラリと手芸品の素人写真を見て儀礼的にほめたが、あからさまにげんなりしている。

ラウラはごそごそと紙袋の底のほうをまさぐって袋菓子を取り出し、輪になっている私たちに一個ずつビスケットを手渡す。自分が話し終わるまで待って、と各人の飼い犬たちに気を遣ってのことらしい。

「もう倒産したのですから、お安くしておきますわ。その他に未使用の毛糸やビーズ、レース糸もあります。老いて貧するって、本当に辛いことです。皆さんのお知り合いの、血気盛んで裕福なご老人たちがうらやましいわ」

ブツブツ言いながら、レース糸で編んだブレスレットやネックレス、ポシェットを出し、自分で纏ってみせ始めた。

皆、閉口している。どれも垢抜けない仕上がりで、協力して購入しようという気持ちにはならないものばかりだった。一応それぞれが手に取って見たが、黙りこくっている。

「犬の散歩で、手持ちはコーヒー用の小銭くらいでしょ。またそのうち改めて、ね、そうしましょう」

エンマが手短に場を仕切ってくれたおかげで、私たちは手芸品から逃れて帰宅した。

ルイザは黙って私の話を聞いていたが、

「いいことを思いついた！」

と、嬉しそうに叫んだ。

公園からの帰路、家の近くで行き合ったルイザに、彼女の父親の話をきっかけに聞いた、ワーカーホリックたちの老後のさまざまを話していたところだった。

遠方への長期旅行を繰り返す元会社経営者や、八十を超えてもいまだに現役の女性実業家、引退した後も毎日事務所と家で目を光らせる老母に、店を閉じた老姉妹も、皆ルイザに掛かっている、犬たちが。往診で、どういう家に住みどのように暮らしているのか、見ている。診察後の雑談で、飼い主たちからそれぞれの事情はすでに耳にしていた。


数日置いて、ルイザから近所のバールに誘われた。

運河に近い通りは、大聖堂のある中心へと続く一本道である。犬を連れていく公園を境に郊外側に入ると、通りの雰囲気はがらりと変わる。それまでのブティックやスポーツ用品店、エノテカは姿を消し、代わって金物屋や青果店、パン屋など、生活臭に溢れた個人商店が並ぶ。誘われたバールは、その並びにあった。

店の外にも数卓並べてあったが、いくら晴天とはいえ屋外で座って喋るにはもう肌寒い。店内に入ると、むっとするほどの暖房が入っている。カウンターの後ろには、壁面いっぱいにコーヒー豆を種類ごとに入れた貯蔵用のガラスケースが並んでいる。

「エスプレッソマシン用のアラビック百パーセントのをお願いします」

慣れたふうにルイザは店主に頼んでから、席に着いた。

煎《い》った豆をグラム買いできる。好みの豆を、目の前で挽《ひ》いてもらう。カラカラと華やかな音がしたかと思うと、鼻先に濃厚な香りが流れてくる。煎って滲み出てきたコーヒー豆の脂《あぶら》で、深い茶色の粉はしっとりとしている。

店内が薄暗いのは、長いこと内装に手を加えていないからだろう。コーヒーが壁や天井に沁み込んだような、少し黄ばんだ色をしている。その傷みぶりが切なく、店内を詩的に見せている。

「どう？　いいわよね、ここ」

私はこれまでコーヒー豆を買いに入ると、店主が挽きたてのコーヒーで振る舞ってくれるエスプレッソを一杯飲むや早々に店を出て、座ったことなどなかった。

さほど広くない店内には、隣席と肘が触れるほど間隔を詰めて、いくつか木のテーブルが並んでいる。頬が火照《ほて》るほどの暖かさとコーヒーの芳香に包まれて、慌ただしいミラノの中にいるとは思えない。

バールが混雑するのは、午前中である。出勤や通学前に立ち寄り、朝飯の代わりにエスプレッソコーヒー一杯、という人は多い。夜眠れなくなるのを恐れてコーヒーを控えるので、午後になると客足が減る。交差点や広場にある店では、煙草や駄菓子、バスや市電の切符を売っている。人を呼び込めるが、それでも昼下がりのバールはどこも手持ち無沙汰で、ぼんやりとしている。

「店主と話して、ハーブティーを揃えてもらうことにしたの。店からのサービスで、ビスケット付きよ」

秋の日はつるべ落としで、ミラノの午後はうら寂しい時間が延々と続く。

老いて家にいる人たちには、予定があるようで、ない。時間はなかなか経たない。そういうときに、ふらりと入り、同行者がなくとも疎外感なく、居心地のよい時間を過ごせる。

そういう場所を作ればどうだろう。

ルイザがバールの店主に相談すると、

「床屋へ毎日行くわけにはいかないし、病院の廊下に長居していては風邪をもらってくるかもしれない。スーパーマーケットや銀行の待ち合いの椅子は、思いのほか硬いのですよ。図書館へ行っても、字を見るとすぐに眠たくなりますしね」

よくわかります、と頷いた。

界隈には建具屋や仕立て屋などの工房が多いこともあり、以前からこの店は老職人たちの溜まり場のような役割も果たしてきたらしい。暖房が少々過分だったり、古めかしい内装のままなのは、そういう事情もあってのことなのだろう。話は、あっという間にまとまったようだ。

「年を取ると、どこかが痛かったりするものでしょ？　同病を患う者どうしだと、互いにどれほど鬱陶しいのかよくわかる。だから病院の廊下で話し込んだりするのよね」

早朝の公園で、出身地も年齢も職種も異なる見も知らぬ人たちが、犬を介して集まり、立ち話にふけるのも、自分たちも気がついていない似通った痛みを持ち合わせていて、無意識のうちにそれを共有し、辛さを軽減できる仲間を探しているからなのかもしれない。

犬繋がりで、午後のバールの件はすぐに界隈の飼い主たちに広まった。飼い主たちの中には新聞記者もいて、早速ミラノ版の家庭欄に紹介記事が掲載され、地区外からもわざわざやってくる客が出るほどになった。

毎日午前中からルイザの父親は来店すると一番奥の席に着き、そこで半日を過ごす。後からやってくる同年輩の客たちの話に、熱心に耳を傾ける。

「血糖値が高いままでしてねえ」

「夜眠れないのです」

「すぐに忘れる」

「膝が、痛くて痛くて」

「最近、腹の立つことばかり起こる！」

彼が国立病院の勤務医だったことが知れると、皆、我先に不調を訴え始めるようになったのだ。

ルイザの父親は、もちろん診察もしないし診断も下さない。ただ皆の愁訴を聞くだけである。でも、それだけで大半の鬱陶しさが晴れることを、彼はよく知っている。バールに日参するようになってから腹の激痛が嘘のように収まったが、彼は気づかないふりをしている。

二匹の犬が、暇そうに寝そべる一角がある。

例のやり手の女性実業家と厳しい老母公認会計士が、額を寄せ合って、何ごとか相談している。テーブルの上には設計図面が広げてあり、〈夢の家〉とある。

「入居資格は、五十歳以上の独り者の女性と決めましょう。男はもう要らないわね。一階の共有スペースに台所と客間をいくつか作って、面倒なことは各人の家には持ち込まないようにしないとね。介護サービスは、専門病院と組みましょう。宅配食事サービスも入れておくべきよね。頭金はこれくらいにしておいて、共益費は……」

老会計士は、電卓を手早く打っている。契約書のひな形に赤を入れながら、

「英語で作るほうが、論旨が明解かもしれないわね」

八十過ぎのコンサルタントは、建設資金繰りのために投資会社へ書類一式をまとめているらしい。

コ・ハウジング。

高齢者用の家。終《つい》の住処《すみか》。

雄々しい人生を送ってきた女性二人が、清爽《せいそう》な仕上げの相談をしているのだ。

モロッコから戻ったばかりの老夫婦が、現地で買い込んできたさまざまな色の糸をテーブルの上に並べると、わあっと歓声を上げて女子高校生たちが取り囲む。

ラウラが中の一巻きを手に取り、かぎ針でくるりと編み始めを作ったかと思うと、慣れた手つきで模様編みにかかる。

少女たちの間から溜め息が漏れる。みるみるうちに花や蝶々の形に編まれていくと、

「私は一メートル！」

「十五センチ分、赤とピンクで欲しいわ」

次々と注文が飛び、

「これを包《くる》み編みしてもらえるかしら」

と、小さなボタンを差し出す子もいる。

サングラスを外して懸命に作業するラウラは、皆から手先を見つめられて得意満面である。

「これで遠方へ旅行に行く甲斐《かい》がある、というものですわね、あなた」

暇つぶしのために漫然と方々へ旅をし尽くし、それにも飽きていた裕福な老妻が嬉しそうにしている。


午後のバールの店内には、一見、繋がりのない人たちが集まっているように見える。犬がいなければ、出会うことなどなかっただろう。

犬を連れているのは飼い主のようで、実は飼い犬が人を連れて導く。犬たちの嗅覚は、飼い主自身さえ知らない心の奥底を嗅ぎ取り、似た匂いのするほうへと引いていく。

独りでいるより、仲間と。

都会に散らばるいくつもの寂しいかけらを集めてきたような人々と、床に寝そべる犬たちを改めて見る。

私も、この一片なのだ。

同類たちの匂いを知ろうと、そっと鼻をひくつかせてみる。

か弱きもの

山間のその家は、玄関のドアを開け一歩出た前が、急斜面になっていた。人が二人並んで歩くのがやっとという幅で、かなりの傾斜の坂道は、雨が降るとそのまま樋《とい》のように周囲の水を集めて、急流になることもしばしばだった。村は小さく、中世からの石造りの家が軒先を寄せて建ち、路地は狭い土地に迷路のように入り組んでいて、晴天でも小道まで日が差し込むことがない。いったん雨に濡れると村は湿気を抱え込み、路面も壁面も薄緑に変色させたままで春まで乾かなかった。

ある朝、新聞を買いに出ようとして玄関を出たとたん、第一歩の足の置き場所を間違えて、斜めの姿勢のまま坂道にひっくり返った。

ギクリ。

息もできない痛みにその場でうずくまり、身体を折ったまま呻《うめ》いていると、まもなく近所に住むアニータが走り出てきた。野鳥が鳴くような甲高い声で叫ぶのだが、けたたましいばかりで何を言っているのかさっぱりわからない。

私は痛さで返事もできず、目をつぶって寝転がったままでいる。

アニータは、この小さい村で生まれ麓にある学校を出たあと、小学校からの同級生と結婚した。彼女の両親は二十歳そこそこで、遠縁を頼ってこの村へ出稼ぎに来たのだが、いざ訪ねてみると親戚はけんもほろろ。今さらもう故郷には引き返せず、夫婦は港から山奥まで、仕事があればどこでも何でも引き受けた。日の差さない山間で茸《きのこ》を採り、小動物を捕らえ、蔓を刈り、売れるものは売って、どうにか生計を立ててきたのである。長女のアニータは忙しかった両親に代わり、弟二人の面倒を見てきた。そのせいか、村では一番の世話好きである。

私がミラノから引っ越してきたとき、周囲の住人たちは狭い道ですれ違うと目礼だけしてそそくさと先へ急ぎ、立ち話をするような気安い雰囲気ではなかった。近くの海から上がってきて山の向こうへと抜けていく異国の民の多くは、土地にとっては無縁の過客《かかく》に過ぎず、あるいはしばしば生活を脅かす侵略者だったからだろう。

アニータと初めて会ったのは、彼女が家の前で植木の手入れをしているときだった。〈広場〉と記されてはいるものの、数人も集まればもういっぱいになってしまうような空間で、そこを取り囲む数軒のうちアニータの家以外は空き家で、彼女は広場を自分の庭のように、鉢植えの花や木、果樹でいっぱいにしていた。

「今朝、スニーカーの激安の売り出しチラシが入ってたんだけど、行く？」

初対面なのに、こんにちはでもなければ自己紹介をするでもない。いきなりの馴れ馴れしい口調に私は少し鼻白み、スニーカー売り出しへの誘いに礼を述べたが、いっしょに買い物には行けない、と答えた。

アニータは返事の代わりに、ふん、と大きく鼻を鳴らしそのまま何も言わずに、呆気に取られる私を一人残して、家の中に入っていってしまった。

その唐突な物言いと粗い振る舞いに面喰らったが、それが彼女の流儀であるのがしばらく住むうちにわかった。

相手の気持ちを慮り、言葉を選ぶようなことが、アニータは不得意なのだ。礼儀作法を覚える機会を逸して、大人になったからである。地方都市の、さらに山奥では、言葉を駆使して気持ちを表すことに心を砕くより、思ったことを即座にはっきりと口にして、必要か不要かがわかるほうが大事なのだった。それ以外のあれこれは単なる飾りであり、飾りに気を揉むような時間は彼女には無駄なのだ。

ミラノで、生活でも仕事でも、核心に近づこうと外堀から少しずつ埋めてはにじり寄り、相手の顔色をうかがいながらの駆け引きをすることに慣れていた私は、戸惑った。

荒野か砂漠に迷い込んだような気がして、最初のうちは人情のやりとりもないのか、とこの地の空漠さを詰ったりしたが、一ヶ月、半年と住むうちに、アニータに人への配慮が欠けているのではなく、実は深い情の人なのにそれを表現する言葉を持ち合わせていないだけなのかもしれない、と気がついた。


野鳥が鳴き立てているように聞こえるのは、アニータが転んだ私に驚いて、言葉にならない声を発しているからだった。

騒ぎを聞きつけた老人が路地の向こうから出てきて、まずはアニータを鎮めてから、頭を打ちつけなかったかどうか、私に尋ねた。二人の手を借りて、私は濡れた坂道を這うようにして家へ入り、二つ折りのままで横になった。

服用した鎮痛剤のせいか、知らぬ間にうとうとしていたようだ。

折り曲げたまま、身体は少しも動かすことができない。ふくらはぎの後ろのほうが、ひどく重い。炎症で発熱したらしく、熱い。

寝返りを打とうと足先に力を込めたとたん、おお！

痛みで出た声半分、驚いて出た叫び声半分。熱が出たと思っていたら、ぬくぬくの正体は猫だった。しかも二匹。いや、三匹。ふくらはぎが重いと感じたのは、一匹が私の痛いほうの足を包み込むようにして寝ているからだった。


この村で最初に住んだ古い家には、屋根伝いにやってきては窓際で寝そべる野良猫が三匹いた。ときどき入り込もうとするネズミを追い払ってありがたかったが、同じネズミを目当てに階下の岩壁の間にはヘビも常駐しているのがわかった。

これで牛馬が揃えばノアの方舟《はこぶね》同然だ、と大家に申し立てたところ、

「いったい、どこが問題なのです？」

と、馬耳東風《ばじとうふう》だった。

最上階からの眺めは捨て難かったが、窓を開けると自由自在に猫も鳥も虫もネズミもヘビも入ってくるとなっては気が休まらず、結局、こぢんまりした平屋へ引っ越した。そこは窓数が少なくて、外壁はモルタルが塗り込まれて隙間がなく、下水管は新しい。ただひとつ難なのは、坂道の途中にあって足場が悪く、あまり日当たりがよくないことだった。

腰をしたたかに打ったうえ、足首を捻挫して寝ている私を取り囲んでいたのは、前の家で世話になった三匹の野良猫たちだった。

三匹三様、別々な方角を向いて寝そべっていた猫たちは、目を覚まして驚いている私を揃って見た。

〈痛そう〉

〈やはりあの家にいたほうがよかったでしょ？〉

〈しばらくおとなしくしていることだね〉

同情と忠告と。

かつての同居人の異変を知って、三匹は様子見に来たらしかった。

翌朝、呼び鈴で目が覚めた。ますます痛く、動けない。

「どう？」

大声がしたかと思うと、こちらの返事を待たずにずんずんと足音高く入ってきたのはアニータである。

小さな村に常時暮らす人は少ない。大半の家が住人を失ってからは、休暇用の貸家となっている。週末だけやってくる都会人の別荘として買われた家も多い。一方、アニータは一年じゅう村で暮らしている。村の住人の大半は老人である。粗雑だがまだ若くて世話好きな彼女に、老いた住人たちや貸家の家主、別荘族たちは合鍵を預けている。アニータは勤めに出ていないので、一日じゅう村にいる。任された家々を順繰りに回っては、空気を入れ替え、蜘蛛の巣払いをし、雑草を抜き、枯葉を掃き集め、郵便物を取り込んだり、ときどき窓のガラス磨きもする。

私の家の合鍵も、大家から預かっていたのだろう。騒々しくアニータが入ってくると、猫たちは四方八方に跳び分かれた。

ふん、と猫たちを目の端で見やり、アニータは〈おはよう〉でもなく私の具合を尋ねるでもなく台所へ直行すると、勝手知ったる様子で朝食の仕度を始めた。

「うちには掛かり付けの整体師がいるから」

出し抜けに言い、一声掛けるでもなく私の寝間着をめくって熱々のタオルを腰に当て、

「この家、湿気が酷いから冷えたのよ」

それで身体が固くなって転んだのだ、と言った。

ヘビや虫に隙を与えないモルタルの壁は、邪魔ものを内に入れないように、余計な湿気も外に逃さないのである。

三度の食事に二度のおやつ。来たかと思うと帰り、帰ったかと思うとまた来る。整体師のところまで行くのが無理だとわかると、アニータは整体師を迎えに行き、うちまで連れてきてくれるのだった。

息つく暇もなく面倒を見てくれるので、うとうとする間もない。夜が来てやっと一人になると、今度はいつの間にか野良猫三匹が戻ってきて、足元や背中に寄り添った。

思ったより酷い打ち身でしばらく寝たきりが続き、痛みが薄らいでからもしばらくは松葉杖が必要だった。

週末が近づくと、アニータは忙しくなる。トリノやミラノから、別荘族が村にやってくるからだ。住人のいない家は晩秋の湿気をたっぷり吸い込んで、冷えきっている。アニータは、金曜日の朝から各家に暖房を入れて、週末を待つ。

「元気？」

玄関を荒々しく開けて入ってくるのは、アニータの娘たちである。小学生三人。それぞれが宿題や玩具《おもちゃ》、おやつを抱えてやってくる。別荘の手入れに忙しい母親に代わって、週末は娘たちが見舞いに来てくれるのだ。

女の子たちは、十歳、八歳、六歳。どの子も眉の上で前髪を一直線に切り揃え、襟足はバリカンで刈り上げてある。胸元のあちこちに、トマトソースとチョコレート、油をなすりつけた跡。汚れで光るトレーナーの袖口で、末っ子は鼻水を拭っている。窓から鳥にパン屑を撒《ま》いたり、おやつに母親が焼いたパンケーキを頬張ったり、ベッドに上がって私の足元に寝転がり、猫と戯れ合ったりする。

猫三匹とアニータの三人の娘は、幼馴染みのようなものである。同じ村に住み、母親が世話をする家々を回る。少し離れたところから住人を観察し、気が向いたら近寄るし、そうでなければ遠巻きにしたままやり過ごす。

村はがら空きで、路地も広場も自分たちのものだ。日溜まりや風通しのよいところを熟知している。居心地のよいところへと、好きに移動しながら毎日を過ごす。

子供ではないけれど老人でもない私は、少女たちにとっては親でも教師でもない唯一の大人である。子供だけであちこち出歩くと親がうるさいけれど、うちへ来るのはだいじょうぶ。

下校して、宿題を済ませ、家にいるのにも広場で遊ぶのにも飽きると、三姉妹はうちへやってくる。野良猫もいつの間にか家にいる。

うちに届く雑誌は、生まれて初めて見る日本語だ。イタリアからはもちろん、村からすら出ていく機会のない三姉妹にとって、日本は遠い異国を超えて、異星である。目を輝かせて雑誌をめくる少女たちを、猫たちは箪笥《たんす》や本棚の上から興味深そうに見ている。

三姉妹は、たまに友だち連れでやってくる。

小学生たちは、初めて見る日本人を前に大いに照れてモジモジしている。

ほらね、と三姉妹は、卓上に置かれた日本語の雑誌やメモを友だちに見せて、自慢気だ。

押し黙っている子供たちに、それぞれの名前を漢字を当てて書いてやると、子供たちの緊張がいっせいに解ける。両親、兄弟姉妹、祖父母に叔父叔母。

「いとこも六人いるの！」

親族じゅうの名前を片端から書いてやることになる。

熱心な子は、自分の名前を漢字で書けるまで練習して再びやってくる。専用ノートを作る子もいる。

よく書けた、と感心し、褒美に日本から持ち帰った駄菓子をやる。

「わあ……」

アニメで見慣れたキャラクターが菓子袋に原色で躍っているのを目にして、子供たちは興奮して言葉にならない。

そのうち、小学生たちは兄弟姉妹も引き連れて訪ねてくるようになる。

これまで見たこともなかった日本人が、自分たちの国の言葉で話すなんて。

どの子も、最初は恐る恐る私の一挙一動を見ている。子供たちにとって私は、村に新しく棲み着いた珍種の生き物なのだ。

三姉妹は、自分たちが誰よりも先にこの〈ジャッポネーゼ（日本種）〉と親しくなったのが自慢でしかたがない。初めての子を連れてくるときは、ふだんのように家の中まで入らずに、わざと玄関前に並んで立ち呼び鈴を鳴らし、ドアを開ける私を見ると、

「ほらね、いたでしょ？」

と、その子を肘で突《つつ》いて得意がるのだった。

そういう〈珍しい生き物〉が、坂道で滑って寝込んだのである。三姉妹は、かいがいしく私の面倒を見てくれた。籠の外から中にいる小鳥やカブトムシを指で突いてみるのと同じ要領で、少女たちは私にシーツを掛けるふりをして、私の足をわざと動かしてみたりした。痛さに顔をしかめる私に、

「お大事に」

慌てて声をかけるのだった。

三姉妹はおやつから食事、お茶を枕元まで運んできては、

「アーンして」

と、介錯《かいしやく》したがった。週末は子供たちが、週中は母親アニータが来ては、まめまめしく介抱してくれた。

私の一日は次第にアニータの家族の一日と重なり、食べ物も話題もテレビ番組もシーツの洗い立ての香りも、一家のものと同じになっていった。

私の生活はアニータ家任せとなり、知らないうちに自分が、ぶっきらぼうなアニータが言わんとすることや、いたずら三姉妹が次に何をしようと企《たくら》んでいるのか見抜こうと、彼女たちの顔色を窺うようになっているのに気がついた。

飼い主とペットは似る、という。長年寄り添った夫婦が似ているように。

それは、強者から愛想をつかされまいと、より気に入られようとして、無意識のうちに弱者

が我が身を強者に同一化させようとするかららしい。

粗雑なアニータ。興味しんしんの三姉妹。

彼女たちは取り繕わずに、自分の思うままに行動する。

他人の言うことを聞かない代わりに、他人の言うことに左右もされない。

自分にとって居心地のよいことを知っている。

外界を知らないので視野は狭いけれど、内の世界では自信に満ちて堂々としている。

怪我で寝込んでいる私は、弱者側だろう。一家に世話になり、守られて、治癒する頃には、〈ジャッポネーゼ〉は飼い主に似るのだろうか。


二週間ほど経った朝、私は無意識のうちに洗面所に立ち難なく歯を磨いていて、治ったことに気がついた。

朝食の準備に寄ってくれたアニータは私の快気を喜んだものの、やや拍子抜けした顔で、

「エスプレッソマシーンを締めるときに、力を込め過ぎて腰まで捻《ひね》らないように」

つっけんどんに言うと、そそくさと帰ってしまった。

放課後にやってきた子供たちは、足運びの確かな私を見て、

「なんだ、もう治ったんだ」

残念そうな声を出した。

窓を開けると、猫が三匹、入ってきた。歩いている私を、おや、と不可解な顔で眺めると、

たちまち窓から出ていってしまった。

引いた痛みの代わりに、独り暮らしが戻った。

気ままな暮らしにやっと返ったというのに、この漠とした気分はどうだろう。切なさと不安が、しんしんと忍び寄ってくる。

弱いままのほうが、よかった。

道に放り置かれる猫や犬の気持ちを思う。

初めのうちは、アニータのやり方に戸惑ったが、粗いあしらいの中に彼女ならではの、素朴で実直な心根を感じるようになっていた。重みを感じて足元を見ると、いつの間にか猫たちが寄ってきて寝ていた。布団越しの小さな温もり。足を動かすと、すっと身体を離してしまう愛想のなさ。あるいは、思いやり、か。

元の生活に戻って、私は頼る強者を、飼い主を失った。


相変わらず三姉妹は、家の前の小さな広場で遊んでいる。

末妹は、上の二人に何をしても敵わない。知恵で負ける。口で負ける。腕力で負ける。人一倍おっとりしていて、やすやすとチャンスを逃してしまう。

「ちょっと紙ナプキンを取ってきてくれる？」

さあおやつ、と焼きたてのスポンジケーキを前にしたところで、姉から用事を頼まれて家へ取りに入る。その隙に、姉たちは大急ぎで大きな片《へん》を取ってしまう。

「食べ終わった順ね！」

言い終わらないうちに姉たちはケーキを口に押し込み、空いた手でもうゲーム機を掴んでいる。出遅れた末妹は大泣きし、鼻水が垂れ、姉二人から叱られて、ますます泣き、ケーキをなかなか食べ終えられず、ゲームを始められない。

ときどき姉たちは末妹にゲーム機を渡してやるが、幼い彼女はゲームの遊び方がよくわからない。やっと手にしたのに、すぐにゲームは終わってしまう。エーンエン。

いっしょに遊んではやるけれど、優しい言葉をかけたり思いやったりしない。母親と似ているのだ。

今日もメソメソしながら、路地奥へ走り去ってしまった姉たちのあとを追おうとしている末っ子を呼び止めた。

あのね、小さくてか弱い生き物は、大きくて強いのに似てくるんだって。

そう言うと、幼子は泣き止んでじっと考え込んでいる。

翌日、末っ子が一人で下を向いて坂道を上がってきた。また姉二人と喧嘩したのかと声をかけると、スーパーマーケットでもらう白いビニール袋を持ち、満面の笑みを浮かべている。

「見る？」

袋の口をそうっと開けて見せた中には、ダンゴムシやアリ、バッタ、あちこち動く怪しげな黒い小さな生き物がいた。

自分より弱くて小さな生き物を集めて、自分に似た者を増やそうと思っているのだ、と得意気だった。

何も虫でなくても、カメや小鳥、ハムスターなど、幼い女の子に合う小動物はいくらでもありそうなのに。

「ハムスターが欲しくてママに言ったら、『ペットの籠を掃除しても、何の生活の足しにもならないでしょ。野良猫で我慢しなさい！　壁にはヘビもいるし、溝《どぶ》にはネズミだっているじゃないの！』って叱られたの」

だからこれなの、と幼子は袋を嬉しそうに握り直した。

春の山には、虫がいっぱいだ。草むらまで行かなくても、路地端の石をひっくり返すとウジウジ湧いているし、コロコロ出てくる。

明るい緑色の芋虫は、花が咲く頃には蝶になる。

夏を迎える頃には、小さな女の子はすっかり昆虫採集の名人になっていた。

採ってはジャムの空き瓶に入れて、どこにでも連れていく。お風呂に入るときも、宿題をするときも、寝るときも。翌朝いっしょに登校しようと瓶を見ると、虫たちは底にひっくり返って死んでいる。それでも、末っ子はくじけない。毎日、新しく採ってきては、瓶を眺めてニコニコしている。

初夏には珍しい雨のあと、夕飯も終え、空がそろそろ紺色になってきた時分に、末っ子が一人で訪ねてきた。大口の空き瓶をしっかり持っている。

「いっしょにお散歩に行こう」

夜道が怖いのだろう。つないだ小さな手が、力を込めて握り返してくる。私たちはどんどん路地を行き、村を抜け、怖々《こわごわ》と林に入ってみた。背の高い下草の間に、獣道が見える。チロチロと湧き水の音が聞こえる。電灯も月もない。闇と草むらに紛れて自分の足元すらよく見えず、懐中電灯を点けようとしたとき、
シィーッ！

幼子が前屈みになって草むらを覗き込んだ。

草の合間から、ポッポッと薄金色の小さな光が浮かび上がっては消えて、揺らめいている。

蛍。

気がつくと、あたり一面に丸い小さな光が点滅し、ツーイツイと飛び回っている。

幼子は私と堅くつないでいた手を解くと、大急ぎで瓶の蓋を外し、細い腕を思い切り伸ばして空に振り回し始めた。

瓶の中が、暗闇にぽうっと光っている。

「これまでの虫採りは、この晩のための練習だったの」

幼子は瓶の中のか弱きものを見つめて、そう言った。

あとがき

私がまだ四、五ヶ月の赤ん坊だった頃に、犬と並んで撮った写真がある。神戸の祖父母の家の濡縁で、赤ん坊のそばで律儀な顔つきをして座っている。

ある夜その犬は勝手口にやってきて、さかんに前脚で戸を引っ掻いていた。「どうせ私が世話をすることになる」と、いい顔をしない祖母をなだめて、犬は祖父に拾われた。

夕方散歩に行くのは、祖父の日課だった。最初は犬が、そのうちに私も加わって、日のあるうちに須磨海岸まで出かけていっては、波や砂と遊んだ。

夕刻のがらんとした砂浜に、大きな音で波が寄せてくる。橙《だいだい》色《いろ》に染まっていく海の西の端を見ながら、

「大きくなって、あの向こうまで行けるといいね」

祖父は言った。太平洋の洋を取って〈洋子〉と私に名付けたのは、祖父だった。

祖父に手をつながれて、リードを引かれて、帰路につく。

もうすぐ家、という手前で必ず祖父は路地を折れ、一軒の玄関口で立ち止まると、

〈シィッ〉

口元に人差し指を当てて、私と犬に目配せをした。

三歳だったか、四歳だったか。私はその玄関口に犬と並んで座り、祖父を待った。

毎夕欠かさず祖父が散歩に出かけたのは、孫と犬と、その酒店で嗜《たしな》むカップ酒のためなのだった。

犬のことを思うとき、あの濡縁の日溜まりの匂いと、夕方の海へ向かうときの三者三様の浮き浮きした気分が蘇る。祖父は帰路の一杯を、私は砂遊びを、そして犬は私たちといっしょに過ごす時間をそれぞれ待ちわびたのだった。

やがて、犬に引っぱられて行った海が、遠くなった。

いつもの道中に、老いた犬がよろけて浅い側溝に落ちた。祖父は黙って引き上げて抱き、そのまま私たちは海にも行かず路地へも寄らずに引き返した。夕方の帰り道、祖父に抱かれた犬はバツの悪そうな顔で、しっぽを少しだけ振った。

あれは、〈ごめんね〉だったのか、それとも〈楽しかったね〉だったのか。


海を越えて、もうずいぶんになる。

異国での毎日は、唸ったり、歯を剥き出したり、腹を見せたり、甘嚙みしたり、遠吠えしたり、の繰り返しである。伝手も所属する組織もなく、言葉は通じても気は許せず、ネタを追いかけての移動続きで、文字通り一匹狼のような暮らしをしてきた。

ある晩、帰宅し灯りを点けようとして、ふいに寂しくなった。

友人たちとの食卓でそれを話すと、数日後に中の一人から連絡があり、

「小学校へ行くように」

と、言われた。待っていたのは、生まれたての犬だった。

須磨海岸から半世紀ほど経って、うちに犬が来た。

茶とも灰色ともつかない、ちょうどミラノの運河色だった雑種犬は、育つうちにシャンパン色のふさふさした毛の犬になった。パソコンとカメラと携帯電話を襷掛けの鞄に入れ、右手に犬を引き移動するようになって、今年で十一年目になる。

「珍しい！　犬種は何でしょう？」

見知らぬ町を犬連れで歩くと、呼び止める人がいる。シベリアン・シャイアー種、と思いつくままに答えると、尋ねた人は「聞いたことがなかった」と感心し、立ち話が始まる。その人の飼い犬のことだったり、日本についての質問だったり、他愛無い時候の話題だったり。

犬は足元でじっと待っている。ときどき私が落とす視線に目を合わせ、しっぽを少し振る。

それを見るとたちまち記憶は五十年前の海に飛び、〈あの向こうまで行けるといいね〉という声が耳元に聞こえてくる。

今まで何を急いてきたのだろう。

犬と歩くと、これまで時間に追われて見過ごしてきた光景や聞こえなかった音と出会う。

足を運び、嗅ぎ付け、見て、書く。

暮れなずむイタリアを犬と散歩して、再び原点に立ち戻る。

装幀　櫻井久（櫻井事務所）
装画　あずみ虫

集英社文芸WEB「レンザブロー」(2013年10月〜2014年12月)に
掲載されたものを加筆修正しました。

内田洋子（うちだ・ようこ）

1959年神戸市生まれ。東京外国語大学イタリア語学科卒業。
UNO Associates Inc. 代表。
2011年『ジーノの家 イタリア10景』で
日本エッセイスト・クラブ賞、講談社エッセイ賞をダブル受賞。
著書に『ジャーナリズムとしてのパパラッチ イタリア人の正義感』
『ミラノの太陽、シチリアの月』『イタリアの引き出し』
『カテリーナの旅支度 イタリア 二十の追想』『皿の中に、イタリア』
『どうしようもないのに、好き イタリア 15の恋愛物語』
翻訳書にジャンニ・ロダーリ『パパの電話を待ちながら』などがある。

イタリアのしっぽ

2015年5月10日　第1刷発行

著　者　内田洋子《うちだようこ》
発行者　加藤 潤
発行所　株式会社集英社
東京都千代田区一ツ橋2-5-10　〒101-8050
電話　03-3230-6100(編集部)
03-3230-6080(読者係)
03-3230-6393(販売部)書店専用
印刷所　大日本印刷株式会社
製本所　加藤製本株式会社

定価はカバーに表示してあります。

ISBN978-4-08-771608-5 C0095